@小説

青春・愛情・物語

吸淚鬼

Lovers of Tears

市川拓司——著

許金玉——譯

好評推薦

好看的純愛物語，有時候哏新不新非重點，能否催淚才是關鍵，比如多年前大賣的《現在，很想見你》，作者市川拓司就是箇中好手，這回最新作品《吸淚鬼》功力依舊了得。很有畫面的情境設定，完全動畫的角色安排，一切就從鄉下的高校來了一位轉學生開始，然後男主角有不能說的秘密，女主角有難以治癒的絕症，他們互相被吸引且都視對方是特別的存在；然後奇蹟會出現，無奈造化又弄人……屬純愛基本元素，必殺技一出，超管用！

——**日劇達人／小葉日本台**

難以言喻的惆悵，隨著尾聲而蔓延……

——**愛情小說名家／Misa**

故事閱讀完的瞬間，有點寂寞卻又帶著幸福的滿足。
我不禁期盼自己能成為擁有祝福，也能給予祝福力量的人。

——**微幸福戀愛教主／艾小薇**

寂寞與幸福同時湧上心頭……讀完的感覺太美妙了！
——TSUTAYA書店／山田香織

真想把這本書獻給我所愛的人！
——淳久堂書店大阪總店／一柳友希

無庸置疑是市川拓司老師才寫得出來的小說。市川老師，歡迎回來！
——紀伊國屋書店梅田總店／星真一

人愛上另一個人的時候會變得堅強，甚至對從前的自己不敢置信。
——BookDepot書樂／中村有太

單單流淚就是成長——我發現了寧靜的綠洲。
——紀伊國屋書店埼玉新都心店／宇治佐和子

目錄

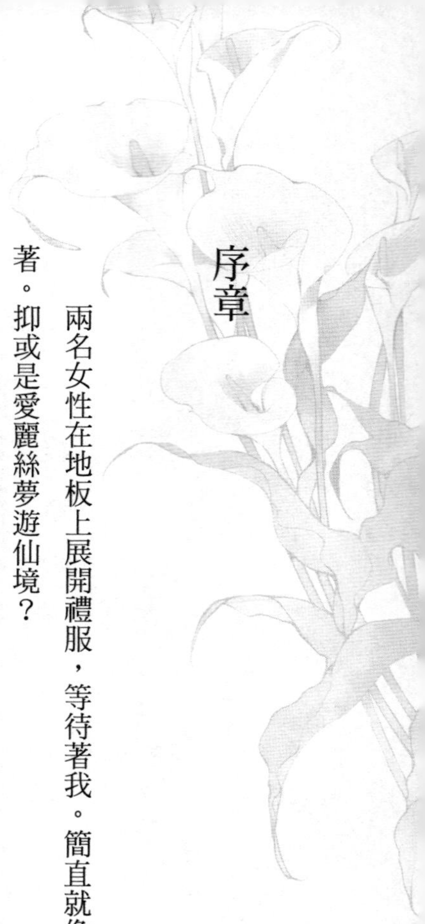

序章

兩名女性在地板上展開禮服，等待著我。簡直就像是馬戲團的魔術，我心想著。抑或是愛麗絲夢遊仙境？

我下定決心，踮起腳尖跳進平展為圓圈的禮服中心。兩名女性迅速拉起禮服，動作熟練地將我裝扮成新娘。

全新的我。我穿越高牆，如今活在未知的世界。站在本不該站的地方，凝視著本不會知道的未來。

著裝完畢，兩名女性往後退了一步，我輕輕低頭看向包覆住自己的純白結婚禮服，心情就像是站在冬季下了初雪的山頂上。雪白的垂褶裙襬勾勒出了微彎的弧度。

望向正前方的鏡子，鏡中是全然陌生的自己。

妳是誰？我情不自禁在心底呢喃。

我從未想像過二十七歲的自己，更遑論穿著新娘禮服。

從前我的人生總有著時間限制，不允許自己作夢。我不會成為想要月亮的孩子，正視現實，接受自己背負的命運。這是銘刻在極細絲線上的默契，和母親一樣，我也不會活過二十歲。

但是，我現在站在這裡。

活在被賦予的未來裡，胸口因喜悅而震顫。

隔著玻璃窗可以俯瞰教會的小巧庭院。出席婚禮的賓客們各自形成小圓圈，開心地談天說笑。

那一天，我也像這樣望著窗外。

十年前，我還是高中二年級生，記得那堂是英文文法課。

在春天的柔和日光中，他忽然躍入我的眼簾。然後深刻地介入我的人生，徹底顛覆了我的世界。

我愛上了他，他是我的初戀。

第一部

1

起風了。

剛冒出嫩芽的紅木枝椏大幅搖擺。網球場的網子隨風飄揚，環繞著操場的櫸樹深深低垂著頭。

我喜歡風。光是聽到風聲，心頭就雀躍不已。

那個人是風帶來的。

無聲無息地悄然降臨。

他們就像蠟燭往上冒起的火焰般搖曳不定，也像春日的熱浪。他們走過校門時，一度停下腳步，仰頭看向校舍。自己好像被他們發現了，我忍不住縮起脖子。風從敞開的窗戶吹了進來，搖動白色窗簾。

比起他，當時的我反而更在意走在他前頭的中年男性。對方將半白的濃密頭髮梳往腦後，露出了方正飽滿的額頭。

從三樓的教室往下看應該有段距離，但我還是油然升起了一種依稀的確信。我認識這個人。

何時，在哪裡見過？我們又是怎麼認識的呢？有著深邃皺紋的肌膚、高挺的鼻梁和薄唇。確實很眼熟，但是，記憶太過平淡，除了我認識他這個事實外，沒再告訴我更多訊息。

不久，他們從我的視野中消失。我想像著他們走在老舊校舍走廊上的模樣。改變人生的巨大邂逅，然而，開端平靜到不可思議，全然沒有出現任何能讓我心生預感的徵兆。

2

見到他走進教室時，無預警地，一種非常突如其來的情緒攫住了我。我也不明白為什麼，反正就是非常不安。本能在告訴我什麼事，那也許是在警告極度討厭改變的我。我聽見了旋轉舞台的吱嘎聲響，有什麼事物正開始轉動。是方向不定的盲目跳躍。

他瘦得驚人，個子高挑，有些駝背。穿過教室大門時，他還大幅彎腰。最引人注目的是他的劉海，他用藏在自己黑髮後頭、異常晶亮的雙眼環顧這世界。

在老師的催促下，他站上講台介紹自己。

「我叫榊冬馬。」他說。榊冬馬。嗓音有些沙啞低沉。

「因為父親工作的關係轉學到這裡。這次不曉得可以在這個城市待多久，但這段時間還請大家多多關照。」

他幾乎沒有抬頭，低著臉龐走到教室最後面，坐在為他準備的新座位上。

他有種說不上來的古怪。容貌和舉手投足都非常不同一般，讓人不得不將目光投向他。有時他會發作似的突然做出一些動作，讓四周的人不由得繃起身子。時而只是單純地撩起頭髮，時而是扭頭看向背後，但那些突如其來的動作始終伴隨著一種病態的感覺。

黑髮底下的五官端正得很不自然。肌膚如瓷器般光滑緊繃，鼻梁細挺，偶爾可在劉海縫隙間瞥見的那雙眼睛像瞪羚一樣，又大又有些濕潤。

他的位置靠走廊，與坐在窗邊的我有一大段距離。但是，我還是感覺到了肉眼看不見的壓力。可能不只我有這種感覺。所有人都對這名轉學生感到不知所措。還不曉得今後這會演變成何種情感，我們全都惶惶不安，打開了所有的感官拚命去感受他。

3

他的住家就在我上下學路線的不遠處，那是棟長年來都無人居住的偌大別墅，是外婆告訴了我有新住戶搬進去。

「聽說是外地人。」外婆說：「這世界還真是無奇不有呢。」

我居住的城鎮老舊蕭條，空氣非常不流通。從前紡織業繁榮興盛，但如今幾乎所有工廠都已停業。女工們的悲哀時至今日已成神話，後代子孫們都坐在鄰鎮開著空調的大樓裡，邊大啖甜甜圈邊敲著鍵盤。

鎮上有兩所小學、兩所中學，和一所我就讀的私立高中。

高中的校舍氣派輝煌，在鎮上顯得格格不入。壯觀的校舍歷史悠久，工廠的創建者一族代代出任理事長，廣招作業員的子弟入學。但現今紡織業衰退後，幾乎所有學生都是來自其他城鎮。

進這所高中是我的夢想。

磚塊搭建的古老校舍牆上覆滿藤蔓，學校四周是遼闊的森林，宏偉的圖書館大樓兼作博物館。最重要的是，校舍頂樓有座美輪美奐的庭園。那是由繁茂灌木環繞的花園。庭園中央有個八角形的大溫室，站在學校外頭也看得見。

庭園一年一度會向鄰近的居民開放。七歲那年春天，外婆牽著我的手，我第一次走上通往頂樓的階梯。敞開的鐵門後方，是洋溢著光輝的花之樂園。有玫瑰、茉莉、鐵線蓮和忍冬。強烈馥郁的甘甜香氣和鮮豔的色彩讓我恍若置身夢境。

不一會兒，我們走到了溫室。

簡直就像玻璃製的禮拜堂一樣，我心想道。

倒映在牆面上的深灰色雲朵緩緩流動。一走進溫室，密不透風的空氣便攀附住肌膚。我緊抓住外婆的連身裙，強忍著如暈眩般襲來的昂揚感。

蘭花的香氣，陽光照射下閃閃發亮的玻璃天花板，化作薄霧在半空中漂浮的水滴，翡翠藤般燦豔的天空色澤。我因為太過興奮而引發呼吸過度，很快就被帶下了頂樓。外婆揹著我回家的一路上，我下定了決心。我要成為這所高中的學生。然後，要花很多、很多的時間待在那個庭園裡。

後來願望實現了。

我體弱多病，也常常向學校請假，還參加入學考試可謂是有勇無謀的挑戰，但不知為何我考上了。可能是為了稍微彌補我太過不公平的人生，神偷偷拉高了我的分數也說不定（我有時會抱著這種心態看待事物）。

幾年前庭園裡曾發生過一名學生從頂樓掉下去的意外，此後校方便限制學生進入，只有一年數次辦活動的時候，才允許學生走上頂樓。這樣一來，我的夢想就不算真正實現。

但是，有小路可走，就是頂樓美化委員。顧名思義，便是管理頂樓庭園。有別於一般的美化委員，活動範圍僅限頂樓。工作有澆水、打掃、拔草和剪枝。也得遵循偶爾來訪的造園技術士的指示，維護深具傳統的庭園。

多數學生都對擔任頂樓美化委員敬而遠之。因為和照顧普通的花圃不同，這個職務工作繁雜，相對地能自由運用的時間便會減少。

因此，我沒與任何人競爭，不費吹灰之力就得到了這份工作。升上二年級時，已經是除了我以外，幾乎沒有人會出入頂樓了。這間學校幾近所有學生都會繼續升學，根本不將對成績沒有加分效果的活動放在眼裡。其他委員們也一樣，所以我一主動提議代替他們做事，他們都欣然將工作讓給了我。

我不會升學，打從一開始就決定好了。既沒有體力去其他城市讀書，時間有限也是個難題。我雖然憧憬大學生活，但不想太過任性，造成外公的負擔。

做完委員的工作踏上歸途時，常常太陽都已經快要下山。薄暮之中，我經常看見他的身影。

他奔跑著。輕快地跑過山麓的小徑、芒草茂盛的山丘，或是山谷休耕田間的細路，宛如奔過草原的羚羊。

他很美麗。

我被他迷惑住，被他那優雅的姿態吸引。他輕而易舉又毫不遲疑地躍過沼澤，穿梭在群樹之間。劉海如黑色翅膀般翩然飄動，露出底下俊美的五官。每次看見他那樣的表情，我的胸口便沒來由地發熱。

我也曾在雨天見過他。在五月的傾盆大雨中，他面帶笑容地奔跑著。大概是笑容的關係，他看起來非常稚氣。他很自由。撇下了令人不快的濕意，撇下了將我們束縛在大地上的重力，也撇下了很容易就受傷的肉體這個桎梏。

自由。這一定是我深受他吸引的理由。我所沒有的東西。
他淋著雨繞過泛起細微波紋的蓄水池邊緣，不久消失在森林裡頭。雨天的森林非常令人毛骨悚然，我根本不敢靠近。在太陽完全沒入地平線以前，森林就隸屬於黑暗的疆域。他就像棲息在森林裡的野獸，彷彿沒有半點恐懼。他的住家就在穿越森林的另一頭，在一座小湖附近。也許森林對他來說就像庭院一樣吧。

4

依然是五月時發生的事。
放學後，我一如既往待在頂樓庭園。這個季節的庭園是百花齊放的色彩繽紛桃花源。火紅的爬藤玫瑰覆滿巨大鐵製拱門，還有馬鞭草、羽扇豆、金雀兒的黃花和四照花的白花。芳香品種的玫瑰們釋出芬芳的香氣，像是夏莉法阿斯馬（Sharifa Asma）、雙喜（Double Delight）、瑪莉玫瑰（Mary Rose）。這些玫瑰花名有如美麗的咒文，單是唸出口，心頭就會顫抖。

我打開灑水器的開關，來回察看玫瑰葉上有沒有蟲的蹤影，黑鳳蝶彷彿穿著暗色禮服的妖精般為我帶路。

心無旁鶩地照料著植物時，我總會忘了自己是誰。化作一絲不苟的機器，只是默默地完成工作。就像繞著花兒飛舞的蜜蜂，也像刻劃時間的鐘擺。這種感覺很輕鬆自在。

風不時會運來聲音。男學生們在操場上追逐著球的嚷嚷聲，從大禮堂傳來的合唱團指定曲，鋼琴在音樂教室裡演奏著的練習曲。

但是那一天，我感受到了和那些聲音截然不同，一種陰鬱氛圍的震顫。是含糊的呻吟聲。

這不祥的聲音讓我竄起雞皮疙瘩。我尋找著聲音來源，在庭園裡邁步，走向平常不會靠近的水塔北邊。我悄悄往外探身，看向地面，發現底下有幾名男學生。

是他。我馬上就認出來了。他正被人拳打腳踢，卻全然沒有反抗，也沒有護住自己的身體。圍著他的是其他班的三個男生。他們並不是特別醒目的一群，也就是隨處可見的普通學生。忌諱異於常人的事物，意欲將其排除。也不去了解自己為何會有這種衝動，就仿效父親和祖父，正當化自己揮起的拳頭。

我對他們感到害怕。對那苛刻、獨裁和正義。

出聲喊一下比較好嗎？還是馬上下樓，去找人比較好？我舉棋不定。這處是夾在校舍和從前煤炭小屋間的狹窄空間，誰也不會靠近。在這所高中長遠的歷史中，這裡一定發生過不少起暴力行為吧。這裡是私設的處刑場。

我好不容易才抬起顫抖的腳，準備踏出第一步。必須向他人求救才行。向位於他處的正義。

但是，暴力行為倏然停止。可能是他自始至終都不抵抗，讓男學生們很困惑，於是洩了氣吧。過了好一會，三個男生有些掃興地低頭看著他，最後一骨碌轉身，就此往校舍的方向消失。

他坐在原地不動了一陣子。即使站在遠處，也看得出他的鼻子和嘴唇在流血。我正要別開視線，找人求救時，他霍然站起。動作優雅得彷彿沒受任何損傷。

那是一幅非常奇妙的光景，與上一秒的景象連接不起來。脫臼般故事突然斷了章節。

他拍落襯衫和褲子上的髒污，什麼事也沒發生過般踏出步伐。走了幾步路後，冷不防停下腳步，仰頭看向這邊。

我慌忙躲起來。被他發現了嗎？胸口好悶。我的心臟很容易就會超過負荷極限。等到不再覺得呼吸困難時，我才悄悄僅探出腦袋察看下方。

他已經不在了。現場行使過暴力的痕跡消失得一乾二淨。昏暗的縫隙間，大扁雀麥的枯穗隨著風搖搖擺擺。

剛才的事情真的發生過嗎？我不禁懷疑，感到有些不敢置信。一切都太過偏離日常現實。

不論是揮舞的拳頭，還是他輕巧起身的姿態。

翌日，我在教室裡不停觀察他的臉，定睛尋找傷痕，確認是否有哪裡留下淤青。但也不能太露骨地一直盯著他瞧，況且他的臉龐總是藏在長長的劉海底下。但是，至少我確定他的臉頰和下頷都沒有昨天的痕跡。

我更是不敢相信自己看見的景象。

也有可能是白日夢。

真是如此的話，那也沒關係。我心想。也可以選擇這條途徑以慢慢遠離這個世界。被夢境所困，喪失心智。這樣的結束方式也教人有些心動。

我十六歲，約定好的期限就要來到。

5

他受到孤立，但並非因為他態度冷淡。向他攀談的話，他會禮貌回應，偶爾還會露出笑容。但是，誰也無法接近他。一往他靠近一步，他就會後退一步。不露聲色、不著痕跡地。

無論怎麼向他提問，也看不出真實的他。他一味重複著像是玩笑話的謊言，閃避女生們執拗的追根究柢。

幾乎所有學生都放棄了他。無法認識他。讓外地人永遠是外地人。更何況也沒有理由非得親近他。儘管受新氣象吸引，好奇心也很快就淡薄。

只有極少數的學生對他依舊執著。我也是其中一人。不知道為什麼，就是非常在意他。因為我知道其他學生所不知道的他？這肯定也是原因之一。但是，不單如此。有某種更加強大的力量，促使我的目光投向他。

他太過與眾不同，太過特別。

也有一群學生基於其他層面而在意他。

有幾個男學生非常憎恨他，和之前校舍後頭的那三個男生一樣。分明他沒對他們造成任何傷害，卻只是因為看不順眼就厭惡他。因為他和別人不一樣。因為他眼中注視的事物和他們不一樣。

在那之後，我又數次目擊了他被人毆打的場面。那不是夢境也非幻覺，而是現實中的暴力。

每次對他施暴的對象都不同。有時是同班的男生，有時是高年級學長。欠缺獨創性的他們，總是叫他前往相同的地點：校舍與從前煤炭小屋之間的昏暗刑場。說不定這是私底下在學生間流傳的事項，就像是校友會發行的入學導覽。

他總是毫不抵抗，順從得教人吃驚。按著對方的傳喚前往那個地方，成為拳頭和腳尖的標靶。我也曾疑惑過，這種事情真的能被原諒嗎？但他一定有自己的想法吧，我便始終未向任何人提起這件事。

聽說他至今已經轉學過好幾次。或許暴力就像是他每次轉學時都要接受的洗禮。既然如此，早點結束煩人的轉學手續比較好。這是我自以為是的主觀想法，但不這麼想的話，就無法說明他那過於配合的舉止。

而且——他看起來一點也不像受了傷。究竟他有什麼魔法呢？我百思不解。

明明被人惡狠狠地痛毆，為什麼他的肌膚沒有留下半點傷痕？唯有一次上學時，他曾在臉上貼著小小的ＯＫ繃，但我猜想底下肯定一點傷口也沒有。那是偽裝，以免讓人起疑。

他也許非常習慣挨打了。就像老練的拳擊手一樣，在千鈞一髮之際看穿對方的攻擊，減弱衝擊的力道。

我憶起他奔過山野和丘陵的身影，散發著無限的活力。不能以為他就是表面上看起來的樣子。

他有著秘密。

而我想要知道。

6

時序進入六月，可以看見有個女生總是待在他的身旁。

對方是相差兩個班級、如貓一般的美少女。她是田徑隊的跳遠選手，身型高䠷，和他站在一起時，苗條的身材更是出眾奪目。有著豐盈的黑髮，和日曬過的琥珀色肌膚。

打從入學時起，她就是眾人目光的焦點。線條分明的眉毛、強而有力的眼神，笑聲輕脆又充滿活力。對自己很有自信，沒有半點迷惘。

同時也是名優秀的運動員，在縣裡是排名前三的跳遠選手。地方報紙還曾以美女運動員這稱號來報導她。學業成績也很出色，開朗的個性亦讓她結交到了許多同性朋友。

截至目前為止，我從未聽說過她與誰交往。我與班上同學少有往來，談論起這種話題時總在狀況外，但我還是能肯定她應該沒有男朋友。因為如果她有交往的對象，我想她會大大方方地與對方一起走在校內吧。

所有男生都留意著她的一舉一動。她光是經過，男生們就心蕩神馳。她應該也意識到了男生們帶有好感的目光，以及令人作嘔的身子扭動，但她就像落落大方的公主，面帶笑容不予理會。

也聽說有幾個男生向她告白過，但她沒有答應任何人。

所以大家都很吃驚她竟會如此迷戀他。當然，我也是。但是，我能明白理由，他有著無限的活力，而她感受到了。誰也沒有發現，唯有我知道的他的秘密。但是，她依著本能嗅到了這件事。縱然是無意識之間，還是非常厲害。她是特別的，我如此認為。

也許我該嫉妒才對，因為我一直暗中注視著他。可是，她從頭到腳都與我有著天壤之別。而且，美麗的跳高選手非常適合站在他身旁，我感到羨慕，但如果要稱之為嫉妒，內心這種情感未免太過平淡，太像是旁觀者。

在我看來，她幾近是單方面地接近他。不知從何時起，她開始會帶著幾名好友走進我們班，圍繞在他的座位旁。想當然耳，我們班有些女生會對此感到不快。雖不至於是美女運動員，但那群嬌媚可人的女生也充分具備著魅力與爽朗。她們立即擺出強悍的迎擊姿態，不允許他人侵犯領土。雖沒有爆發明顯的衝突，但一時之間氣氛非常劍拔弩張，連局外人的我也感到難以呼吸。

他似乎不怎麼在意兩派人馬的對立，無論面對哪一邊的女生，態度都一模一樣。既稱不上冷漠，也稱不上親密，在快要越界的時候使出後閃防守，這是他的拿手絕活。

教人緊張的午休時間持續了約莫一週後，一切突然結束。我猜她們一定暗地裡進行了不能公開的秘密交涉與協議。我們班的女生們決定無視他們。

她幾乎成了他公認的戀人，他也因此又樹立了不少男生敵人，從單純的憎恨轉為嫉妒。

當時，我經常看見他們兩人放學後並肩走在一起。她是搭電車上下學，但為了配合他的回家路線，特地繞了一大圈遠路。在我家所在的丘陵地前方右轉之後，就能回到通往車站的道路。直至轉彎為止的那段路程，是她所能擁有的、與戀人在一起的親密時間。田徑隊應該也要練習才對，看來她是拋下了許多事情，才製造出與他相處的時間。

路上巧遇多次，兩人也一定察覺到我的存在了。

兩人站在岔路上，我則盡可能不與他們四目相接地走過他們身旁。每一次我都只聽見她的聲音。像在懇求什麼，像在傾訴什麼，不然就是像在責怪什麼似的壓低了嗓音。

她總是觸摸著他身體的某個部位，有時抓住他襯衫下的手臂，有時將手貼在他的胸膛上，有時用手指梳他的頭髮。他沒有面露不快，任憑她為所欲為。

他們兩人實在很像一幅畫。帶著些許古典氣息，讓人覺得很和諧相稱。無可挑剔的肉體。倘若與他們視線交會，他們的雙眼肯定就像暗夜的野獸般綻放著強烈的光芒。

這年的六月多雨，雨連綿不停，練習不順利的她便心情焦躁惡劣。但她是能夠自我克制的人，所以絕對不會露骨地表現出來，但擦身而過聽見她的聲音時，我都感覺得到。

他喜歡雨，我逕自這麼認為。他一遇到下雨天就心情很好，像放了假的士兵，緊張感徹底解除，露出毫無防備的笑容。

兩人呈現對比，以銀色的雨為背景，一個心浮氣躁，一個怡然自得。

但是，她的煩躁也許不只因為下雨，恐怕她也感受到了那道牆壁。與他接觸的每個人都會感覺到的，那種委婉的拒絕，那種回應並不熱烈的空虛。

T字路口再往前就是他的領域，她沒有得到進入的許可，因此煩躁、不滿、不安。

偶爾我會在校內感覺到她的視線。對於她凌厲到令人不解的眼神，我雖不知所措，但很快察覺到了理由。她是生氣我跨進了界線的另一邊，也就是他的領域。她應該也很清楚這份情感非常無意義，我不過是住在那裡罷了，除此之外沒有任何理由。

我與他之間的聯繫如棉線般纖細又脆弱，而且只是單方面地銜接著。

至少在這個時候。

7

從雨季宣告結束起，有什麼事物開始改變。

陰霾與衰退的活力，讓他的動作不再柔軟優雅。

羚羊般濕潤的雙眼紅通通得布滿血絲，肌膚失去了魔法般的光澤。

他看起來非常疲憊。

見他不再奔跑，我有些失望。覺得那就像是兩人暗中訂下的約定，如今他不再守約了。奔跑的他，與注視著他的我，雖是微不足道的聯繫，但這個交流是讓我無比雀躍的一件事。

他越來越無精打采，相較之下她逐漸恢復原先的亮麗。

也是那一陣子，她跨進了那條界線。

她肯定受邀前往他家了吧，整個人得意非凡。隔著自己房間的窗戶，我曾好幾次看見兩人挽著手臂走過。

他被重力擄獲，拖著沉重的影子邁步前進，身旁的她卻宛如夏季女神般明豔動人。她邊撫著他的髮絲邊咯咯輕笑，腳步輕快，聲音輕脆嘹喨。

他的住家，森林深處的別墅。我在轉學第一天看見的他的父親，一定也在那裡。他的母親是怎樣的女性呢？有兄弟姊妹嗎？

她已經與他的家人說過話了嗎？還是沒有與任何人見面，就直接走進他的房間，臉上帶著饒富深意的微笑？具有雙重涵義的眼神，抿嘴輕笑，緊繃的呼吸，也似呢喃的衣服摩擦聲。

這是她的期望，露骨的暗號，如手語的手勢般直截了當，不可能會錯意。撫摸他頭髮的手指、勾住他手臂的動作，和不慎敞開的襯衫領口。

這不可能是我的想像力太過豐富。只要略懂性事，誰都能解讀出訊息。

她非常具有女性魅力，這點讓我感到不安。有些像是酒精和香菸的白煙，這兩種我都害怕。我知道自己太像小孩子了，我肯定還沒有變成大人就會死去了吧。

我一廂情願地認定他也和我一樣。所以，當他邀請她——邀請這種非常具有有女性魅力的女孩——前往他家時，就兩方面而言——抑或就更複雜的層面而言——讓我非常痛苦。

某天傍晚，我到鄰居家送東西，回家的路上見過正要走回車站的她。

她沒有注意到我。她看起來既幸福，也像是很哀傷。人在什麼心情下，什麼狀況下，才會露出那種表情呢？她的髮絲凌亂，目光呆滯。我不由得看向她短裙底下伸出的那雙長腿。我不曉得該尋找什麼才好。痕跡？但是，她的模樣太過顯而易見，我感覺到自己的心跳加快。

兩人之間發生了某種決定性的事情，這點絕對錯不了。她的步伐踉蹌不穩。現在的她連小水溝也跨不過去吧。

她與我錯身而過，消失在前往車站的道路。

我心底感到有些不對勁。她看起來並不興奮開心，我反而在她身上感受到了冰冷冷的沉重陶醉。是我誤解了發生性行為的涵義嗎？她的神色正訴說著那不是歡欣的舞蹈，而是一種莊嚴的宗教儀式。

而我知道答案，是在不久之後的將來。

8

滿月的夜晚。

我悄悄溜出家裡，走在月光之下。另一個自己化作模糊的影子引領著我。

小小的冒險。這並不是第一次。大約一年前，我忽然心血來潮，無論如何都想試試看。

想試著走在月光照耀下的頂樓庭園，只要走外側樓梯，就能輕而易舉登上頂樓。我不知道學校的戒備到底有多森嚴，但至今一次也不曾被發現過，而且我也周到地準備好了屆時的藉口。

有些花晚上才會盛開，是老師要我做記錄的。

雖然不曉得警衛會相信我多少，但現在正好是月見草開花的時期，我也不算是完全在說謊。

第一次溜進來的時候我非常害怕。但第二次以後，膽子就大起來了。

沐浴在月光下閃閃發亮的花瓣。

植物們沉睡著，我感受著它們靜悄悄的呼息。夜晚的花朵散發著微香，比現實更加靠近死亡與長眠的場所。抵達人生盡頭時看見的夢、遙遠的記憶，夜晚的庭園就是這種地方。

我凝視著漆黑的森林稜線，輕輕吐一口氣。不害怕，我一點也不害怕。我不過是墜入長眠後，在夢境中徘徊於夜晚的庭園而已——

走到學校只要十分鐘，現在是月亮照亮了幾乎沒有路燈的鄉間道路。

上百隻青蛙歌唱著戀愛的喜悅，貓頭鷹不時在樹梢上啼叫，蠐螬蟲的聲音誘人入睡，風呼嘯地颳過森林。

穿越黑漆漆的雜樹林後，眼前就是學校後方。非法丟棄的垃圾山在月光的照射下，如寶石般燦然生輝。

我從後門進入校園，這裡沒有上鎖。大概是從前留下來的習慣，這座城鎮的居民都不懂得懷疑他人，大家都是在同一間工廠工作的夥伴，可能是這個想法一直留到了現在。

水銀燈的藍色光芒照亮了連往校舍的碎石子路，自己的腳步聲不知為何聽來出奇大聲，我忍不住縮起脖子。

校舍旁的外側樓梯塗上了紅色油漆，但現在看來像是黑色。我握住浮現鐵鏽的扶手，小心翼翼地拾級而上。為了避免發出聲音，我彎曲膝蓋，就像老婆婆一樣駝著背。

我利用向學校借來的鑰匙，打開通往頂樓的鐵柵門。其實這把鑰匙每次使用完後都得歸還，但管理鬆散，幾乎沒有人會確認。保險起見，我也已經另外打了備份鑰匙。畢業之後，我打算繼續秘密造訪這座庭園。

頂樓如常地等待著我，花兒們含蓄地釋放香氣，芬芳若有似無，月光在葉子上起舞。

風捎來了電車的聲音，轉頭看去，在森林稜線的後方，可以看見念珠般一串細微的光芒飛逝而過，彷彿要將鎮上稀稀落落的燈火串連起來。真像是通往黃泉國度的列車，我暗想道。

胸口湧上感傷，我感到有些想哭。苦澀與不安，慢慢變成了其他某種更加甜美的情感。我也不明白為什麼，但我總覺得自己流了多少淚，就變得有多堅強，真的很不可思議。

我擦去眼角的淚水，刻意佯裝開朗地哼起古老的愛爾蘭民謠，那是一首離別的歌。縱使現在就是別離的時刻，我也能平靜接受。雖然有些遺憾，但我很努力地活過了。

我跳舞般地走著，連身裙的下襬輕飄飄浮起，帶有夏季濕氣的風撫過赤裸的大腿。

通體舒暢的夜晚，我很自由，就在這一刻達到了某種平衡，就像搖動的鐘擺到達了最高點。儘管憂愁馬上就會襲來，但在那之前，面帶微笑吧。十七歲的夏天，永遠也不會褪色的，奇蹟般的滿月之夜。

我用另一把鑰匙進入溫室。

隔著玻璃望去，月亮彷彿近得伸手就可觸及。我心想，這裡是星星的宮殿，漂浮在虛空中的小小中繼站。最終，我也將回到月球，但現在還——

就在這時，我聽到了微弱的聲響。像是扭動著身子，也像低聲的嘆息，非常像是人類發出的聲音，不是植物們的聲音，我的心臟飛快跳動。

說不定是動物，好比貓或老鼠，小鳥也經常飛進來。我這樣子說服自己，試著往聲音傳出的方向走了幾步。

光線很微弱，玻璃窗外可見一條銀色小河，接著似乎有什麼東西橫飛而過，我當場僵直不動。

離地約三公尺的高度，那道黑影非常巨大，像是纖瘦的野獸。
誰？我探問地低聲說。為了劃開黑暗，為了讓光照亮樹葉間的陰影。
循環著池水的幫浦發出了不快的低吟，靜下來後，便是深沉的靜寂。
我感覺到了風，明明我進來時關了門。舉目一看，天窗略微敞開。什麼時候打開的？天窗應該一直是關著的才對，有什麼東西從那裡進來了嗎？但這高度不可能，因為——

又響起了聲音。笑聲？還是壓抑的吐息？
我恐懼得背部寒毛直豎，對於疼痛產生了反射性的抗拒反應。明明什麼事也還沒有發生，我卻像是已遭到沉重打擊般劇烈喘氣。
呼吸困難，是發作的前兆，某種感覺以驚人的速度從腹部深處翻湧而上。一旦發生，我就再也無法是我。手腳會有如化作結晶的礦物，不安逕自增殖，呼吸加快到危險的程度，最後我一定會失去意識。這項事實一點一點地磨耗我的心力。
我護著身子，背靠著白天使塑像站立，雙腳使不上力。我抬手倚著天使的翅膀，竭力不讓自己倒下。

風吹動棕櫚葉，晃動的黑影讓我感到害怕，有什麼東西正在逼近，我已經快支撐不住了。

踩碎落葉的腳步聲，近在咫尺的某人的氣息。

喀嚓一聲，我聽見自己體內意識正式關閉的聲音。

我當場失衡倒下，帶著天使一起。

一切彷彿慢速播放般緩慢進行。倒下的我，與往我壓來的白色聖天使塑像。預料到石膏的重量，我全身繃緊。翅膀看似柔軟，但它肯定會像笨鈍的刀刃般，在我的肌膚留下醜陋的傷疤吧。

我幾乎失去了所有意識，甚至無法讓自己的身體往旁躲開五公分。

在逐漸暗下的意識一隅，我最後看見了緊逼而來的天使撥風羽，和一名少年的臉龐。長長的劉海底下，有一雙晶潤的眼睛注視著我。他伸長手以保護我，我感受到了懷念的氣味。

撥風羽在他的背上撞成碎片，一塊碎片劃過他的臉頰，留下一道傷痕。他的身體好溫暖。感覺到這件事後，我徹底失去了意識。

當我醒來，自己正躺在鐵製的長椅上，肩膀上蓋著尼龍薄外套。我撐起上半身，環顧四周，不見半個人影。抬頭一看，月亮的位置已經移動了不少。我昏迷多久了呢？身體並沒有不舒服，反而還覺得比平常舒暢，頭好輕。

剛才是作夢嗎？我再次確認拿在手上的外套。顏色大概是深藍色，領口處有一大片污漬。是他的血嗎？

我輕輕起身，走向天使像。

本該倒下的白色塑像，已一如既往直立筆挺。但是，翅膀缺了一大角。果然，那是真的。

救了我的人肯定是他。那雙眼睛，月光下富滿光澤的臉頰。

我試著回想他的體溫，他環抱住我時感受到的安心。為什麼我會感到那麼可靠呢？臉頰不由自主發燙。

我輕輕將鼻子貼在外套的背部，靜靜地吸一口氣，有他的味道。在教室裡擦身而過時感受到的，專屬於他的非常獨特的味道。一開始我還狐疑是香水嗎？但不是。是誰也沒有發現，只有我知道的不可思議記號。

他曾經出現在這裡。這也是某種記號嗎？

9

翌日，我在學校沒有向他攀談。畢竟可能會有多嘴的人向她打小報告，更何況在學校也覺得很難向他搭話。站在太有真實感的大太陽底下，讓我覺得昨晚發生過的事情像是幻覺。要是他否認了，我大概會一句話也說不出來，直接掉頭就走。

所以，我決定等到放學。

一下課，我便直奔回家，換上便服前往他家，肩上揹著的袋子裡放有他的尼龍外套。昨晚帶回來後，我馬上試著清洗，但污漬完全洗不掉，攤在陽光下觀察，看來果然像是人的血。

走到他家約要十五分鐘，那個地方我小的時候曾害怕得不敢靠近，早在我出生之前，森林深處就是紡織工廠附屬的療養院。工廠的工作環境嚴苛，衛生管理也很粗糙，感染結核病的女工絡繹不絕。為了對她們進行治療，才蓋了私人的療養院。在高地森林裡的遼闊地坪上，仍殘留著如今已化作廢墟的當年那些建築物。

他家的別墅就在外圍。從前，為了傳教而來到這座城鎮的傳教士一家人就住在那裡。他們搬走後，也數度有人搬進去過，但這十年來一直無人居住。畢竟與車站有段距離，附近也沒有田地。雖說面向小湖，但樹木緊鄰至岸邊的那幅光景總顯得陰森，很少有人願意主動住在那裡。歷代的住戶也不外乎是嬉皮風的隱士，或是看似有什麼隱情的古怪人士。

走上緩坡，不久遇上岔路。一邊的路通往山頂，另一邊的路通往他家所在的療養院遺跡。當時的門生了鏽，傾倒一旁，依舊留在原地。

柏油鋪裝至此結束，路面變成了雜草叢生的私人道路。我沿著車轍痕跡走進地坪深處。

高聳的赤松遮住了太陽，四下有些昏暗。微溫的空氣夾帶著濕氣停滯不動，黏附住肌膚，蟬在遠方樹梢上嘶鳴。

不一會兒，變作廢墟的療養院建築物出現在樹林後方。

那是塗作白色的平房建築，外觀就像兵營，逐漸腐朽的幾棟住院設施一字排開。很久以前，罹患了肺部疾病的女工們祈求著康復，靜靜地住在這裡，是一群年紀與我相仿的少女。掛在晾衣繩上的被單隨風飄揚，用以準備晚餐的柴火竄起白煙，我彷彿聽見了不知從何處傳來的她們的笑聲。

我忽然感覺到一道視線，扭過頭去，一對黑色眼珠正凝視著我。樹梢上的烏鴉留下嘲笑般的叫聲，飛往松樹林的另一頭。

我有些太敏感了。我用連身裙的下襬擦去手心的汗水，再次邁開步伐。邊踏著枯黃的松葉，邊更往深處前進。

穿越住院設施之間，經過放置著鐵鏽斑斑遊樂器材的廣場，鞦韆隨風搖晃。當年的病患中也有小孩子嗎？失去了使用者的遊樂器材顯得很悽涼。

四周不再開闊，前方又是松樹林，再一段路就能抵達湖邊。

他在家嗎？比賽快到了，她這陣子都很認真地投入練習。今天我也看見她站在操場上，所以應該不用擔心會在這裡與她遇個正著。

但是走到了這裡以後，我突然感到不安。別墅是他的聖域，只有他下達許可的對象，才可以踏入。我不過是沒有邀請函就不請自來的入侵者，惴惴不安的心情讓前進的腳步變得沉重。

不久別墅進入了視野，入口所在的南側，有著像是供車輛進出的半圓形遼闊空間，較地面高出一階的陽台上擺著搖椅和小圓桌。

我在別墅前站定，再次環顧四周。

附近有座從前用以風力發電的木塔，一輛登山越野車靠在塔邊。還有焚燒過某種東西的灰燼小山，掃作一堆的落葉，和幾乎只剩下骨架的歷史悠久小卡車。我豎起耳朵仔細聆聽，也只聽得見蟬鳴，四處都感覺不到人的氣息。

我下定決心走上陽台，站在偌大的門扉前方，抱著幾乎想逃回家的心情敲了敲門。等了一會兒後，沒有人應門。我又敲了一次，還是沒有反應。

我從袋子裡拿出裝有尼龍外套的紙袋，放在門扉前。

留張紙條比較好嗎？我遲疑地東張西望之際，目光被隔著窗戶可見的房中景象吸引住了。我近乎無自覺地走上前，將額頭貼在玻璃窗上。儘管拉上了蕾絲窗簾，還是能清楚看見裡頭的模樣。

房裡有一張大床，寬厚的木製支柱撐住了深紅色的華蓋，簡直就像是女王的睡榻。床中央躺著一名美麗不可方物的沉睡少女，編得整整齊齊的長髮如大波浪般披在具有光澤的床單上。

和他長得很像，充滿光澤的臉頰、細挺的鼻梁和長長的睫毛。她幾歲呢？

十四？還是十五？

為了再看得更仔細點，我正想移動位置時，一隻手驀地搭在我的肩上。

心臟猛然往上跳動，類似漣漪的顫抖蔓延至四肢末端，我一時間難以呼吸。

我瞪大著雙眼回過頭，是他。

「她是我妹妹。」

他說。

這句話彷彿某種咒語般讓我恢復了呼吸。

「妹——妹？」

「嗯。因為得了有些特殊的疾病，一直沉睡著。」

「一直？」

「好幾年了。」他回答。

「這樣啊……」

我的雙腳還在發抖，用力吐一口氣，讓慌亂的情緒平復下來。

那是什麼？他揚起下巴示意放在玄關的紙袋。

「是你的……」我說。不曉得該怎麼稱呼才好。

「是你的外套。我洗好了，可是血跡洗不掉……」

他笑了。是感受不到親切、有些冷淡的笑容。

「妳在說什麼？外套？」

我早就有這種預感了，他一定會否認。但是，我還是不得不說。

「謝謝你救了我。」

他幾近變回面無表情，略微偏過臉龐，低頭看著我。

「晚上在溫室裡，天使像倒下來時，是你保護了我。然後將暈過去的我搬到長椅上，又為我蓋上那件外套。」

「喔……」他應著。「妳指我們學校的溫室嗎？晚上？我跑去那裡？」

「對啊。你昨晚去了那裡，還救了我。」

他的臉龐再度出現微笑，這次多了些許親切。

「我怎麼會跑去那種地方？」

我老實地搖了搖頭。

「不知道。你也喜歡花嗎？」

他放聲哈哈大笑，像是非常愉快。

「就算喜歡花，一般也不會半夜跑到學校去吧？」

「嗯。可是，你又不一般。」

一瞬間，他的眼神變得嚴厲，但又馬上恢復，用慵懶的嗓音問：

「妳說不一般是什麼意思？」

「我見過你奔跑的樣子，看起來很開心，在一片綠意中像是野生的野獸。」

「我知道。」他說：「妳一直在看我。」

我默默點頭，又問：「你喜歡跑步嗎？」

「喜歡啊。我不論何時都在奔跑，確實很像野獸呢，不像是一般人。」

「嗯，所以——」

「但就算這樣，我也不會半夜偷溜進學校。更何況根本辦不到。那裡上了鎖，一般學生無法進去。」

「可是，溫室的天窗開著喔……」

他仰頭看向天空，做出大吃一驚的樣子。

「那更不可能吧。」他說：「除非是天使，否則怎麼可能從那種地方進去。」

我——他說著轉過身體，向我展示背部。

「是人類喔，絕對沒有翅膀。」

「是沒有錯——」

這時我忽然憶起，試著問他：

「那臉頰上的傷呢？」

「昨晚的？」

「對，你右臉頰受了傷。」

他冷不防陷入沉默，筆直注視著我，目光堅定有力。我的心跳又開始加快。

「我想……」他開口說道，語氣慎重得像在試探。「妳應該也發現到了，我傷口痊癒的速度快得異於常人，這是與生俱來的特殊體質。」

我忍不住抬頭，他漆黑晶亮的雙眼就在我面前。

「你一直知道我都看見了嗎？……」

「嗯，我一直都知道。也很感謝妳沒有對任何人提起。」

「可是——」

「嗯，沒關係，我早就習慣了。不管去哪裡都一樣，大家都討厭我。人都不想接納與自己不同的事物，我已經看開了。」

他聳聳肩，說著「那麼」，將臉龐湊向我。

「既然如此，妳認為現在我的臉頰上還會有傷口嗎？」

我搖搖頭。

「說得也是，不可能還有吧……」

「沒關係。」他說：「妳檢查看看吧，我不會躲。」

他目不轉睛地看著我。我嗎？我用眼神問。沒錯。他用眼神回答。我於是下定決心，朝他的臉頰伸出手，輕輕以指尖撥開他長長的劉海。

只見臉頰上半部，有長約三公分的紅色傷疤。

「咦？為什麼……」

他猛然後退，得意地笑了。

「是剛才劈柴時受的傷啦，有碎木片彈到我臉上，跟天使像無關。」

我越來越摸不著頭緒了，傷口並不是昨晚的證據嗎？他只是在轉移焦點？還是說——

「太陽已經下山了，妳最好回家吧。」

他對混亂得呆立在原地的我說。

「妳都特意送來了，外套就先放在我這裡吧。直到找到真正的主人之前，就先由我保管。」

「是嗎？」

「嗯。那走吧，我送妳到森林外面。」

10

夕陽將要沒入地平線，也是一天的結束，松樹林裡已經變暗到自己的腳邊也看不清楚。

我悄悄覷向走在身旁的他的側臉。他有沒有不高興呢？我突如其來登門造訪，又講些非常異想天開的話。如果他說的是真的，那我就只是有著妄想習慣的奇怪女生。

他面無表情地走著，從側臉讀取不出任何情緒。

「芳川同學，聽說妳身體不太好？」

他依然面朝前方，這麼問我，聲音很溫柔。

「女生們說過這件事。」

我點點頭。

「嗯，是啊。我實在跟健康扯不上邊。」

「妳的手很冰。」

我看向他，他也正看著我，我急忙別開視線。

「對啊。」我說：「就是這種疾病，非常罕見，所以也找不到治療方法。」

「沒有治療方法？——」

也沒必要隱瞞呢，我說。

「這是個小城鎮，秘密很快就不再是秘密。」

「嗯。」

「我媽媽得了和我一樣的病，二十歲就過世了，生下我之後馬上。」

「所以妳也會嗎？」

我靜靜點頭。

「我猜應該是。」

「嗯……」他發出沉吟。「那很可怕嗎？」

我點一點頭，但又輕輕搖頭。

「我也不知道。有時會害怕，有時也會心想這沒什麼大不了，是每個人總有天都會發生的很平常的事情，只是時間早或晚而已。」

每個人都會發生——他低聲重複，像在自言自語。

接下來好一陣子，我們都不發一語地走著。松樹林走至盡頭，又來到放置著遊樂設施的那個廣場。

「這幕景色真教人難過。」

我一說完，他便呢喃似的應道「是啊」。

「沒有孩子的公園，既寂寥又感傷。」

「對啊。」

「妳呢？」他問。「總覺得妳的表情一直很寂寞。」

「是嗎？」

「嗯。」

「爸爸呢？」他又問。我搖搖頭，回答「不在了」。

「媽媽過世之後，他很快就下落不明，我一直是媽媽這邊的外婆和外公撫養長大。」

「這樣啊……」

「所以我並沒有很難過，因為在我懂事的時候，父母就已經不在了，我不懂得失去的悲傷。」

「嗯。」他應道，接著突然蹲下撿起松果，再將松果丟向黃昏的夜色。松果劃出美麗的拋物線，被吸進墨色的暮靄裡。

「我也是。」他說：「我也沒有爸爸，他三年前過世了。」

咦？我納悶反問，不由自主看向他的臉龐。

「可是，第一天上學的時候他不是和你一起來嗎？」

「那不是我真正的爸爸，是媽媽的老朋友。他在我們生活各方面上都給予了很多幫助。」

「那你的自我介紹——」

「嗯。因為特地說明太麻煩了，我也不想讓別人額外產生好奇心。」

「你們住在一起嗎？」

「沒有，他住在其他地方。偶爾會過來拜訪，但並沒有住在一起。」

「是喔……」

那麼，那棟別墅裡，只有他、他的母親與妹妹三個人生活而已。在這種森林深處，不會寂寞嗎？

「欸。」我喚他。

「嗯？怎麼了？」

「我好像認識那個人。」

「認識他？」

「好像曾在哪裡見過他，他的長相很令人印象深刻，我應該沒有認錯才對。但我想不起來在哪裡見過面。」

他依然以側臉對著我，露出笑容，像是一個人正享受著某件事情，神秘兮兮的微笑。

「怎麼了嗎？」

「嗯。」他答腔。「妳喜歡看書嗎？」

「書？」

「對，妳看過很多小說嗎？」

「嗯，我喜歡看書喔。因為身體虛弱，經常都待在家裡，自然就——」

說到這裡，我恍然大悟地問他：

「那個人是作家嗎？」

他默不作聲地點點頭，臉上又浮現笑意。雖不明白為什麼，但像這樣子與他對話，心情就很平靜，覺得他身邊就是自己的容身之處，明明這種事情根本不可能。

「奇幻小說。」

他漫不經心似的只是丟出這一句話。

下一秒，記憶立即甦醒。那則故事描述了背負著殘酷宿命的一個家族，故事中的世界，死者與生者，夢境與現實在沒有任何說明的情況下便混雜交錯。當時年紀還小的我大受衝擊，閱讀期間一直抽噎啜泣。但是，過了一段時間後，我又渴求著那種莫名懷念的黑暗感受，重新閱讀起那本小說。

書衣的摺口刊登了作者的照片，雖是畫質粗糙的黑白照片，但作者極具個性的容貌深深地烙印在我的心上。

我對他說出了作者名字。

「沒錯，就是他。雖然另有本名，但那是他寫小說時的筆名。」

我感到很不可思議。沒想到古老的記憶竟以這種形式與眼前的人連結起來。我這麼說了後，他也坦率頷首。

「有時真的會發生這種事。像這種是不可思議的偶然事情，就叫做命運嗎？」

「嗯，我也這麼覺得。」

我們兩人看向彼此，對視了片刻，胸口湧現一股熱意。我不知道他是抱著什麼想法才說出這些話，但命運這兩個字牢牢地攫住了我。在我耳裡聽來，這儼然是某部唯美小說的書名。

我感到難為情，從他臉上別開視線，低頭看向腳邊。

這時，極近的地方傳來了像是尖細悲鳴的叫聲。我不自覺把手伸向他的手臂，觸摸到襯衫衣袖後，他回握住了我的手指。將我拉近，環抱住我的肩膀以保護我，他的手臂很燙。

「是野狗。牠們都飢腸轆轆，妳最好小心。」

他的聲音近在耳邊。

「走吧。」

他放在我背上的手輕輕一推，催促我前進。

「牠們都聚集在廢屋裡，只要別驚動牠們，我想牠們也不會攻擊我們。」

我邊感受著他觸碰著背部的熱燙大手，邊加快腳步。

「妳沒事吧？」他問。

咦？我抬頭。妳心跳很快，他說。

「你感覺得到嗎？」

「嗯，透過手。」

不是因為野狗，肯定是因為你喔。但這句話我當然說不出口。

「我已經沒事了。」

「是嘛。」

他的手，他的暖意輕輕抽離。

好溫暖喔，我說。他「嗯」地點點頭。

「和妳相反，我是體溫一直都很高。最近溫度也有些超過標準，讓我有點吃不消。」

「大約幾度？」

「我想有三十九度吧。這並不是什麼傳染病，是天生的體質，但真的很麻煩。」

「三十九度？」

「嗯。」

「真不敢相信……」

「不過，我正常體溫就有三十八度了，所以這數字不算很離譜。」

我驚訝地抬眼看向他後，他露出笑容。

「我們很相像呢。」

「我們嗎？」

「嗯，不像是一般人，跟大家相差很多這點。」

「這樣啊……的確，我們真不像是一般人呢。」

「嗯。」

我欣喜不已。我們是一樣的，是相似的同伴。他是如此看待著我。

他一路送我到那扇傾頹的大門。

「路上小心。」語畢，他宣誓似的舉起左手，我揮揮手回應他。

我第一次有這種心情。當然，我知道這份心情是什麼。

戀愛。這是僅止一次的，最初也是最後的戀愛。

我走下坡道，一路上回頭了好幾次。他還站在那裡，目送著我。最終直到他消失在夜色之中，我都抱著興奮的心情屢屢回頭，每一次都向他揮手。

他看出來了嗎？我的心意。對他的想念被發現也無所謂，就算是單戀，我也想讓他知道。

我的初戀，至少要用力銘刻在記憶的角落裡。

11

隔天，我在學校沒有和他交談半句話，眼神也沒有交會，甚至遠離他到了不自然的地步。

一切對他來說肯定沒什麼大不了吧。過了一晚後，胸腔裡澎湃的情感萎縮得無影無蹤。

即使只有一次，如果能感受到他有別於先前的視線，我的心情也會有所不同吧，但他的態度和以前沒有兩樣。

放學後，美女跳高選手出現在教室裡，我與他之間的距離更是無可動搖。總覺得他待在比以前更加遙遠的地方。他與她親密交談的畫面，讓我感到前所未有的悲慘。

我拿起書包，快步走出教室。背後似乎感受到了他的視線，但我不相信。因為這種時候，心很容易就將自己偽裝起來。

就這樣，暑假前的數週時光過去了。

離那一天過得越久，發生過的一切越是失去了現實的重量。他手的溫暖、溫柔的話語、擔心我的眼神，統統都像放在向陽處的精油，僅殘留下淡淡的香氣，靜靜地蒸發消失。

只剩下回憶。

一旦有了自覺，那份思念便如小生物般催促著我。但我不可能採取任何動作，思慕只是越來越強烈，我陷入了無法自拔的天人交戰。小生物近乎指責地催趕我，但是，現實中的演變卻與我的想像背道而馳。

兩人越來越親密，她造訪他家的次數日益增加。

學校裡毫不避諱的謠言滿天飛，幾乎都與性事方面有關，談論著此事的男生們都顯得莫名興奮開心。

曾幾何時起，她已忘了自己曾是跳高選手。在我不知道的時候，她已在幾場比賽上落敗，夏季就要結束。

她簡直像是變了一個人。曾經是琥珀色的肌膚，現在褪色如枯黃的麥稈，原先的短髮也在不知不覺間長及肩胛骨。

比起運動員，她看起來更像是給人感覺有些慵懶的舞台女演員。既妖豔，又非常性感。

她和他一樣用長長的劉海遮住了過於銳利的眼神，多解開了一顆鈕釦的襯衫領口，若隱若現著讓男生們為之瘋狂的秘密。

她的開朗也隱匿無蹤。還有嘹喨的笑聲，和時而甚至具攻擊性的強悍口吻。

隨著暑假逼近，她給人的感覺更是一百八十度大轉變，終點是某一種墮落。她就像有些頹廢、對活下去沒有眷戀的藥物患者，對所有事物不屑一顧，除了快樂以外。

異於常人的眼神，有些像是野獸的凜冽氣息，以及同時並存的奇妙靜謐。

我從沒見過這樣的人。

某方面而言，她非常具有魅力。說不定真正的女演員指的就是這樣子的女性，偏離常軌至極致，卻又在邊緣保持著不會倒下的奇妙平衡。強烈的目光、僵硬的舉止和凌亂的髮絲，都吸引住了他人的視線。

不單是男生，連女生們也深受她吸引。攻擊性的眼神消失，僅以抽氣的聲音迎接她。

這陣子，他看似逐漸恢復了本來的活力。肌膚重現光澤，始終通紅充血的雙眼也完全回復原樣。

我好像有幾次都看見他。在蓄水池的另一頭，在天色將暗的森林深處，一道黑色剪影輕快奔馳而過。雖然不能肯定，但多半一定是他。

在湖畔的別墅裡，兩人間發生了什麼事嗎？

縱然努力不去思考，內心還是不由自主逕行想像起來。我並不想變成她那樣，也不認為能夠變成她。但是，我仍然渴求著某種不可能伸手觸及的事物。就像倒映在水面上的月亮一樣，是種一觸碰就會消失的事物。

不顧我的感受，他們兩人的故事劇烈地開始轉動。

第一學期最後幾天，接連發生的幾起事件揭開了真相的片段，而且是以最糟的形式。

我彷彿聽見了很勉強才達到平衡的某樣事物，脆弱地倒塌崩落的聲音。

12

按順序說明的話，首先，就從我看見的她的模樣開始。

那日是結業式的三天前，中午就放學了。我在頂樓庭園磨磨蹭蹭地一直待到了傍晚。因為我想一個人獨處，也只有這個地方能實現我的心願。

在綠意的包圍下，心靈就能平靜。

這一陣子，我允許自己可以自怨自艾。這也算是感傷嗎？像用砂糖包裹住苦藥一樣，痛苦的現實慢慢變成了甜美的故事。

自己安慰自己真是種奇妙的感覺，分裂的兩個人格彼此交談。我沒有朋友，從小到大都是用這種方式安慰自己。

沒事的，這不算什麼。過了一段時間後，我一定能笑著回想說這真是無謂的煩惱。

實際上，這就是我的做法，這不算什麼。我這樣說服自己，並與所有的痛苦達成共識。

但是，唯獨這一次——

我心中竟然會有如此強烈的情感，讓我感到非常訝異。

在我缺乏起伏的風平浪靜人生中，唯獨這份情感像朝天聳立的尖塔般巍然屹立。單是想起他，心頭就激動得遲遲難以平復。臉頰像發了高燒般火紅，乳房深處孕育的熾熱情感猛烈跳動到教人隱隱發疼。

我甚至有些害怕，無法控制自己。再怎麼禁止，回過神時，我已經滿腦子都想著他的事情。

他有戀人了。但很不可思議，即使現在這般愛慕著他，我也不曾心生嫉妒。只覺得悲傷，悲傷得難以名狀。

我在腦海中描繪出了另一種戀愛形式。寧靜、平凡，但又有些溫暖，像小小的奇蹟般照亮我。我以前曾心不在焉地想，有朝一日會談那樣的戀愛吧。在覺得那個人真溫柔，或是真喜歡那個人手指的形狀之前。是適合我的，非常平淡無奇的人生精采片段。

然而，現在我胸口裡卻存在著難以置信的激烈情感，一切都變了。世界看來也變得不一樣，心境總在邊緣地帶徘徊游移。

校內的喧鬧聲一點一滴消失。

這時間該回去了。音樂教室裡的鋼琴直到最後都依依不捨地演奏著練習曲，但現在也已停止。

我從長椅上起身，用手拍了拍後頭裙子。

火紅的夕陽掛於遙遠山際，定睛凝視後，沒來由得讓人想哭。

這陣子身體也不太好，病情正慢慢惡化，已進入憂鬱的倒數計時。

我嘆了一口氣，拖著沉重的雙腳離開頂樓。

快到住家時，四周還很明亮。

所以，我馬上就發現了從道路另一頭走來的她正在哭泣。

我不知道她與他之間發生了什麼事，但她整個人看來失魂落魄，腳步不穩，衣衫凌亂——襯衫下襬並沒有整齊地塞進裙子裡。劉海垂在臉上，襪子往下滑落。

我差一點要開口喊她，但視線交會的那一瞬間，她臉上浮現出了極度扭曲的拒絕表情。

懾於她冷冽的眼神，我一句話也說不出來地低下頭去。

她的哭聲由遠而近，時而夾雜著吞嚥唾沫的停頓，以及喘氣般的吐息。就像孩子一樣，不在乎他人眼光地放聲大哭。

她苗條勻稱的長腿逐漸靠近。每踏出一步，制服裙襬就跟著搖晃。

擦身而過時，她用不清楚的呢喃聲說了些什麼。

都是妳害的——

聽到她這樣說，我吃驚得抬起頭，便見她淚濕的側臉。

她並沒有看著我，空洞的眼神凝視著一點，身子有些前傾地走著，彷彿拚命想逃離某種肉眼看不見的東西。

她沒有彎進通往車站的道路，繼續筆直前進，前方是我們就讀的學校。

直到再也看不見她的背影，我一直杵在原地。

應該出聲叫住她的——事後我將會後悔。但是，就算叫住她了，也許結果什麼也不會改變。

一切早在相遇的瞬間就決定好了。

這恐怕就是所謂的宿命。

13

隔天，早晨的班會時間我知道了那件事。似乎有幾名學生已經耳聞了，在老師進來之前，教室內就已流竄著不同以往的氣氛。

老師遲到了些許才走進教室，一開口就向大家宣布她現在住進了醫院。然後像要加上小小的註腳，又補充說她是從自己教室的窗戶失足墜落。這是意外，老師說。是令人難過的差錯和一時不慎所招致的意外。

老師又說了她並沒有生命危險，只是全身有幾處骨折，可能要花上一段時間才能再次跳遠，並要與她交情好的同學之後去探望她。

事後我才知道（關於這種資訊，我總是被摒除在外，最終也只能用偷聽的方式得知這些消息），地球科學社社員參加社團活動留到很晚，親眼目擊到了她從窗戶跳下來的瞬間。

那才不是意外，一年級的男社員神色興奮地如此斷言。

她是自己跳下來的，從四樓的窗戶跳往校園，蓬起的裙子就像蝴蝶的翅膀一樣，看起來漂亮極了——

大家對跳樓原因議論紛紛，都懷疑美女跳高選手與她戀人的關係。

慘遭施暴、懷孕、失戀和三角關係，可謂眾說紛紜。

她躺在醫院的病床上，不曉得是如何解釋，最後他被認定與這起「意外」沒有關係。儘管有愛嚼舌根的目擊證人證言，校方始終宣稱這件事與心理層面完全無關，是她不小心失足才造成的意外。

就這樣，表面上這件事告一段落。

然而，正是心理層面以無人能預料到的形式，再次引發了新的事件。

14

第一學期最後一天。

我幾乎沒有睡著便迎來早晨。

可以的話，真不想去學校。

都是妳害的——

她的聲音仍在耳朵深處迴盪。那三十分鐘後，她縱身朝下一跳。

發生什麼事了？真想當面問問她。真的是我害的嗎？那我做了什麼傷害到妳呢？問他的話，說不定——

再這樣下去，心神無法安定下來，我感到無可言喻的不安和不快。雖覺得太過荒謬，仍是產生了強烈的罪惡感。

昨夜一整晚，我胸口苦悶得彷彿被人緊緊勒住。

他昨晚又過得如何呢？果然也睡不著吧？自己不假思索說出的一句話，讓她陷入混亂，投身向極度危險的跳躍。

如果他這麼覺得的話，現在一定非常後悔。會回想所有話語，將每一句話的重量放在罪孽天秤上重新衡量。

我無法中立，情不自禁就站在他那一邊。所以，我覺得大多數謠言都只是無意義的中傷。

但是，確實發生了某些事情。

都是妳害的——

真的是這樣嗎？

走進教室，他已經坐在自己的位置上。長長的劉海覆住臉龐，看不見表情。

班上同學依然心浮氣躁，大家都顯得有些開心。流言蜚語對某些人來說也許是最棒的嗜好品。

班會時間過後，又移動至大禮堂舉行結業典禮。

校長也在致辭中提到她，重複著和班導如出一轍的說明：那是不幸的意外。傷勢沒有一開始診斷的那麼嚴重，絕對可以趕上下一季的比賽。大家也別因此受到影響。

學年主任、風紀老師，所有人都近乎執拗地重複相同的說明。不幸的意外、不慎所致的災難。

但是，學生們誰也不相信這個說法。

謠言遭到各種誇大渲染，有如色彩繽紛的熱帶魚群，在學生之間來回悠游。

大多學生都沒有當真，但當中也有些人相信了。將所有謠言信以為真，氣憤填膺，認為自己應該伸張正義。

經由聯絡走廊返回教室的途中，發生了那起悲劇。

一名學生站在走向校舍的人潮外側，目不轉睛地看著這邊。是隔壁班的棒球社員。他比其他學生高出一個頭，肩膀也幾乎是一般人的兩倍寬，手上握著銅色的金屬球棒。

隔著數名學生走在我前方的他應該也注意到那個人了。但是，他依然毫無防備，準備經過那人身旁。他略駝著背，彷彿不想去正視自己的命運，視線緊盯著腳尖。

當球棒前端劃出弧形，朝向天空時，他依舊低垂著頭。他的頭部與球棒相比之下，看來無比脆弱，如黑色的標靶般微微晃動。

尖銳的悲鳴響徹雲霄。

令人驚訝的是，聲音是我發出來的，我無意識地對他吶喊出警告。

我推開走在前頭的學生們，想要靠近他。

就在這時，達到最高點、本還有些猶疑的球棒前端猛然傾斜。

察覺到襲向臉部的黑影，他輕輕抬眼，加速的球棒正好揮下，銅色的圓柱斜向地敲向他的前半頭部。

他膝蓋一彎，就這麼往前倒下，頭部冒出了鮮紅的血液，棒球社員更是往他倒下的背部揮去球棒。

其他學生恐懼得在原地呆若木雞。

我推開他們走上前，撲在倒地的他身上。

「不行！快住手！」

沒關係，他虛弱地輕聲說。沒關係，這樣就好了。

「不行！」我再次大叫。連我也搞不清楚自己究竟在對誰說。

「住手！」

這傢伙——呻吟似的話聲從頭上傳來。

「太過分了！強行對不願意的她——」

才不可能……才剛低喃，我的背部就感受到一陣強烈的衝擊，昏了過去。

15

暑假就快結束了。

暑假期間，我幾乎沒有外出，很像是被關在自己房裡的囚犯，編寫在身體血液裡的特殊疾病總是束縛著我的行動。

廣闊的世界裡只有我一個人，若干遺傳基因的異變透過母親，也傳承到了我身上。

這樣特殊的組合，誘使我墜入深沉的睡眠。

代謝速度下降至極慢，如冬眠的森林野獸般作著沒有止盡的夢。然後，我將不會再張眼醒來，就此回歸塵土。

母親在沒能親眼見到女兒牙齒長齊前就過世了。

但她還是過得很幸福，我願如此相信。

因為她談了戀愛，與心愛的人結合，還生下了女兒。在外婆的描述中，母親是個永遠積極向前看的堅強女性。認分地接受自己的命運，在有限的時間內灌溉出愛，生下孩子。

母親在和我現在相同的年紀遇見父親。

父親是流浪到這座城鎮的畫家，剛從美術大學畢業，還搞不清楚對自己的定義，漫無目的地四處漂泊，如同河流上的樹葉堵在了淤塞處般，被吸引到了這片土地上。

他們非常恩愛喔，外婆說。連在旁邊看著的我們都不好意思了，兩人總是觸碰著彼此身體的某個部位。那孩子很常笑，一定很幸福吧。我們當時都反對，但最後他們還是不顧一切地結了婚。明明無法長久在一起，我這麼說了以後，兩個人都笑了。但那男人太脆弱了，那孩子死後，只留下美紗妳一個人，他突然害怕起來。說他「無法再承受這樣的一次失去」，就不知道消失到了哪兒去⋯⋯

我不知道父親的長相。能夠回想起來的第一份記憶，就是我被附近的小孩欺負，哭著跑回家。安慰我的不是母親也不是父親，而是頭髮已開始發白的外婆。

家裡僅留有一張兩人的合照。不知為何是黑白照片，看起來年代非常久遠。

兩人的臉龐互相貼著，露出了輕鬆自在的笑容。一定是用自拍裝置拍的吧。是非常親暱又私密的笑臉。兩人就像纏繞在一起的兩株小樹，一同成長，最終難分難捨地緊密結合。

但是，實際上沒能如願。拍下這張照片的兩年後，母親留下丈夫和女兒，一個人離開了人世。

早已決定好的命運，母親究竟相信了多少呢？

她不像我一樣有前例，外公和外婆兩個家系都從未出現過擁有類似病症的人。只有醫生下的預言，這個不祥又殘酷的神諭。

就算問母親，她也不會回答我。但是，她留下的足跡激勵了我。

她全力以赴地活過一生。當所有人都說太危險了而反對時，母親還是拚命說服周遭眾人，將我生了下來。

我也想向她的堅強看齊。

聽說先出聲搭話的人是母親。母親對在池邊寫生的父親說了：「我知道哪裡有更漂亮的風景喔，你想看嗎？」那年十七歲的母親穿著水手服，綁著麻花辮，表情天真無邪。眼神無所畏懼，充滿好奇心。

今晚是滿月，這一定是最後的機會。

我相信自己的直覺，肉眼可見的事物不過是真實的扭曲影子，一定有某些事情才對。

我悄悄溜出被窩，走向桌子，用小圓鏡照出自己的臉龐。

臉色真難看，簡直就像已經死去的人。粉底液可以遮掩多少呢？還有口紅。遮瑕膏還有剩嗎？

衣服呢？我的衣服沒有多到可以挑選，但還是想穿漂亮一點的服裝前往。去年買的尼羅藍連身裙，那件如何？

感覺得到心情一鼓作氣變得雀躍。還不肯定可以見到他，反而見不到面的機率還高得多。但是，小小的決心和十七歲的勇氣推了我一把。

現在不去的話，我必定會後悔。

我想正式將自己的心意傳達給他。我戀愛了，生平第一次喜歡上一個人，我想讓他知道。

單是起身，我就已經氣喘吁吁。不過是脫下睡衣換上連身裙，也花了很長的時間。中途我好幾次停下手，調整呼吸。感到頭暈目眩，無法站穩。好不容易換好衣服後，我輕輕坐在椅子上。

我仔仔細細地化妝，用遮瑕膏小心地藏起眼睛底下的黑眼圈，臉頰塗紅，但不管怎麼梳，頭髮就是不肯乖乖地變得直順。

我突然厭惡起一切，幾乎要放棄，竭力忍住險些奪眶而出的淚水。不能哭花了妝。我做了好幾次深呼吸，重新振作精神。輕聲唸出他的名字，得到勇氣。

憔悴的神色無法徹底隱藏。但是，不能因此就氣餒。他也許會很驚訝，但笑著搪塞過去吧。

我從椅子上起身，手倚著牆壁悄悄邁步。

一想到前往學校的路途，心情又變得沉重，這次花的時間可能會是平常的兩倍。

我走下樓梯，偷偷觀察外公外婆的房間。兩個人很早就睡了，但相對地卻非常驚人地早起。他們在凌晨三點就會醒來，開始一天的生活。

我踮著腳尖努力不發出聲響，緩慢走向玄關，選擇穿上帆布鞋。雖然與連身裙不搭，但現在實在穿不了高跟鞋。

我審慎地打開門，走到屋外。

空氣為之一變，心情瞬間變得開朗遼闊。

滿月美麗無比。今晚的濕度以這個季節來說偏低，或許是這個原因，夜空非常澄澈。

不只是月亮，今夜連星星也看得很清楚。

我用力吸一口氣，連身裙下的胸膛微微隆起。

好了，走吧。

我催促自己，踏出第一步。

前往他身邊。

胸口因難以解讀的預感而顫抖著，今晚似乎會發生什麼事。

我忽然想起來。

明天是我的生日。再過數小時，我就滿十七歲了。

16

學校超乎想像的遙遠。

我好幾次都想回頭，但每一次都勉勵自己，鼓起勇氣。

越往前走，街燈的光芒越是遠去。我奮力抬腳邁步，以免天都要亮了。

抵達學校時，月亮的位置已經大幅移動。

立於校園的旗杆與隨風搖動的繩索互相碰撞，發出了哐啷哐啷的惆悵響聲。

我交互抬起沉重的雙腳，近乎爬行地走上校舍的外側樓梯。

花草們沉睡著，我是粗野又嘈雜的闖入者，每走一步，就吐出急促的呼息，往玻璃神殿邁進。

用鑰匙開門走進裡頭後，我便癱倒地坐在鐵製長椅上。

作嘔感如浪濤般接連湧上，額頭冒出冷汗。

身體早已超過了極限，隨時都有可能昏倒。

明明身在溫室，我卻覺得非常寒冷。仰頭看向天花板，窗戶也全都緊閉。

我沒有力氣再撐著上半身，往長椅躺下。沒有袖子包覆的手臂很冷。我手臂交叉以環抱住自己的身體，用手指摩挲冰冷的肌膚，這才覺得好了一些。

他沒有出現。我為什麼會在這裡呢？

小心翼翼地化了妝，還穿上自己鍾愛的連身裙。

不過那麼一次，曾在滿月的夜晚在這裡遇見他，說不定那也只是我一廂情願的認定，仰賴著這種毫不可靠的依據，我往渺小的可能性下了賭注。再這樣下去，我搞不好也回不了家。

我開始想咒罵自己的愚蠢。

自己一個人一頭熱，逕自虛構起故事，真是丟臉。我怎麼會以為自己與他有所聯繫呢？還以為我往這裡前進的時候，他一定也一樣，這不過是脫離現實的少女在自作多情。

所謂的預感，不過就像是願望的回響。

我們很相像——

那是什麼時候的事了？

像這樣頭部在低處凝視後，熟悉的溫室宛如另一個世界。蕨類植物的葉子閃爍著濕潤的光澤，苔蘚與地衣植物覆滿地面，還有我最愛的小白兔狸藻，無數淡紫色的小花盛開著。

在低處飄蕩的淡淡香氣，凝聚在蜘蛛絲上的露珠，潮濕的黑色泥土。

有著漂亮藍色尾巴的小蜥蜴——

意識逐漸飄遠，墜入與睡眠不同的，更深的黑暗。

視野忽然變暗。

是月亮被雲遮住了嗎？

抑或是——

某個人正低頭看著我的臉。就算閉著雙眼，我也感覺得到。透過薄薄的眼皮肌膚，感受對方。

「誰？」我試著問。下一瞬間，氣息倏然遠去。

我輕輕張開眼睛，察看四周，到處都不見人影。但是，有風——

舉目一看，天窗打開了一半。

「榊同學？」

嗓音很沙啞。我吞下口水，嘗試再一次呼喚。

「榊同學，是你嗎？」

棕櫚樹蔭下出現一名男性，暗得看不清楚。我腦袋也還昏昏沉沉，覺得這是夢境的延續。

「欸，你說句話啊——」

「妳為什麼來這裡？」

熟悉的聲音，有些拒人於千里之外的冷淡語氣。

「果然是你吧？」

「妳身體還好嗎？」他問，用非常生硬又公事化的口吻。我做了什麼讓他討厭我的事情嗎？我內心十分不安。

「我的身體嗎——」

「妳的臉色很差，聲音也判若兩人。」

「嗯，是啊——」

我輕輕坐起上半身，接著「嗯」地清清喉嚨，身體狀況還可以。真不可思議，不知怎地感覺比剛才還要輕鬆舒暢。我失去了意識多久呢？

「我沒事，雖然剛才覺得很不舒服……」

「是嗎？那就好。」

他站定在原地，沒有移動半步，隔開兩人的空間讓我心生不安，真想更清楚一點看見他的臉。

「因為我總覺得你，」我說：「榊同學也會來——」

這就是理由，我低聲補上這句。

「嗯，我也一直很想見見妳。」

像要預先減弱我的期待，他的聲線缺乏抑揚頓挫。

「妳當時保護了我吧？」

謝謝妳，他說，但馬上又接著說「但是」。

「妳根本沒有必要那麼做。」

他的語調並不強硬，我卻覺得遭到了強烈的拒絕，心裡十分難過。低垂著臉龐，緊握住連身裙的裙襬。

「對不起——」

我好不容易才能擠出這句話。

「我當時太忘我了，回過神的時候——」

我差點哭出來，連忙閉口不語。

「我知道，但是，妳那樣做非常危險。只有我一個人的話，我根本無所謂，因為已經習慣了，但妳不一樣。」

「嗯。」我點點頭。「我知道……」

結果，那天的事情沒有任何後續發展。他沒有控告那名棒球社員，學校也迅速接受了他的決定。棒球社員被其他學生制伏後（就是這時候現場混亂，有人倒在我們身上，我才暈了過去），隨即老實地被交給老師們，之後被罰在家禁足自省。按理說，這件事就算下達更重的處分也不奇怪，但因為他就和往常一樣施了魔法般快速恢復，強調自己的傷勢很輕微，學校也欣然決定相信他——

「你的傷已經好了嗎？」

我明明很清楚，還是這麼問他。我想要製造對話的開端。兩人的再會越來越沒有交集。就這麼結束的話太悽涼了。

他微微聳肩。

「完全沒問題。」

「這樣啊——」

對話再度中斷，冷冰冰的沉默。他好遙遠，我的心意肯定沒有半點傳達到他那裡，猶如呼喚著遠方的星星。

「喂……」

但我還是只能繼續抓著話語不放。一旦陷入靜默，一切將會宣告結束。

「──榊同學也喜歡這裡嗎？」

隔著玻璃窗注視外頭的他，輕輕將視線投回我身上。

「因為……」我接著說：「上次那個人也是你吧？」

間隔了數秒的沉默後，他用像是有些死心的口吻對我說：

「嗯，那也是我。」

「果然──」

可是，為什麼？正想這麼問，我立即將這句話嚥回肚裡。往他踏一步，他就會退一步。我有這種強烈的直覺。

「謝謝你救了我……」

我只說了這一句話。

他笑了。大概。

怎麼了嗎？我凝視他，他像要逃離我的目光般垂下視線。

「嗯。」他說：「我們果然很像。互相保護彼此，到頭來也傷害了自己。」

可是——他又接著說道，虛弱地搖搖頭。

「這樣是不對的……」

我什麼也答不上來，只是默默聽著他說話。

「我們保持距離比較好，我不與他人有任何交集，也不能產生交集。」

「那麼，為什麼——」

我瞬時脫口而出，連自己也嚇一跳。勇氣立即萎縮，我用低不可聞的聲音接著問道：

「那個人呢？」

他搖了搖頭。

「她不一樣，我們一點交集也沒有。我原本可以處理得更好，避免那樣的結果，然而——」

「是我害的嗎？」

他驚訝地看著我。

「妳害的——？」

「她這麼說了。那天，她走回學校的半路上和我擦身而過，那時候——」

「她說了什麼？」

「她說，都是妳害的。可是，我也不確定。聽起來像是這樣，也可能是我聽錯了……」

他沉思了好一會，然後撥起覆住臉龐的劉海，眨了好幾下眼睛。

「我想，」他開口。「應該是妳聽錯了，這次的事情和妳一點關係也沒有。」

他大力嘆了口氣，又低聲自言自語似的說：

「其實，我差不多就是大家謠傳中的那樣。我恣意妄為的舉動，結果傷害了她。那一棒也是理所當然的報應……」

「是嗎？」

「嗯？」

「真的是這樣嗎？」

他深深吸一口氣，靜靜吐出的同時點了點頭。

「嗯，真的。」

他緩步朝我走來，在有段距離的地方停下腳步，隔著玻璃窗仰望夜空。劉海往旁滑開，露出他光滑的臉頰。我覺得很像是白色大理石雕像。

「我很喜歡喔。」他說。

「這個地方，這裡的空氣。花草帶有濕氣的呼吸。來到這裡，心靈就會很平靜。」

我也是——我很想這麼答腔，卻說不出話來。他敞開心房的話聲，並未讓我萎縮的勇氣再度膨脹。

「不過，」他又繼續說道：「今晚大概是最後一次了。」

我忍不住看向他的臉龐。兩人眼神交會，瞬間，胸口掠過刺人的痛楚。

「最後……」

嗯，他說。

「因為引起了那麼大的騷動，我又要轉學了。」

「那……」

「我想這也是最後一次和妳見面了。」

「怎麼這樣——」

他露出微笑，靜靜地後退一步。

「妳會回到原本的生活。不論是悲慘的誤解，還是讓人作嘔的暴力，全都會從妳的世界消失。」

我激烈地不停搖頭。

「我才沒有什麼原本的生活。」

眼淚又要奪眶而出。我吐一口氣，忽略湧上的情感。

「我已經不能再上學了，很快就會住進醫院，再也回不了家。今晚一定也是我最後一次過來這裡——」

淚水模糊了視野，看不清楚他的臉。

「所以——」

但是，我沒能再說下去。連我也不明白自己想說什麼。只是覺得很悲傷，只是覺得深受打擊。

「情況那麼糟嗎？」

他的聲音聽來很遙遠。

「記得之前妳說只能活到二十歲——」
「對，但那是我媽媽。我是我……」
嗯，他應著。
「妳什麼時候住院？」
我左右搖頭。
「不曉得。等醫院一有空床，就馬上住進去。是間從小到大一直替我看病的醫院，那些醫生我也都認識——」
「沒有治療方法吧？」
對，我點頭。
「我嘗試吃了很多種藥，但病情反而越來越惡化。所以雖說住院，其實單純只是減輕家屬負擔的一種措施。我不想給外公和外婆添麻煩……」
他不發一語，低頭望著自己淡淡的影子，聚精會神地沉思。
「欸。」我呼喚他，他緩慢抬起頭。
「最後可以和我握手嗎？」
「握手？」

「對，道別的握手。我們不會再見面了吧？」

他的頭部微微晃動，在我看來像是點頭也像拒絕。

我祈求地注視他後，最終聽見他細聲說道：

「好吧……」

他走到我跟前，伸出修長的手臂。我仰頭看他，他的表情也有些像在生氣。

我這個要求太厚臉皮了嗎？

我輕輕握住他的手。手指真長，最主要是好溫暖。我冰塊似的指尖彷彿要在他手中融化。

「謝謝你。」我說：「也許你已經發現了——」

我嚥下口水，在幾乎要縮起的喉嚨上使力。

「我戀愛了。」

然後堅定地凝視他。

「是嗎？」他說：「我完全沒有發現。」

我很想擠出笑容，臉頰和下頜卻顫抖得無法如願。鼻腔一陣酸楚，我知道自己再也壓抑不了。

我想要鬆開手，他的手卻不允許我這麼做。

「我要……回去了。」

我說，但他還是沒有放開手。

淚水滾出眼眶，沿著喉頭滑下的淚滴濡濕了連身裙領口。我撇開臉龐背對他，用力摀住嘴巴。

「欸──」

這時，他的手倏地鬆開。我往前伸的手臂緩緩落下。他向後退，流進兩人間空白的冷空氣讓我打了哆嗦。

「晚安。」

他輕聲細語地說。

「妳一個人回得了家吧？」

像被這句話催促，我試著起身。雙腳神奇地恢復了力氣。

「嗯。」我回答。「我沒事……」

「我還會待在這裡。」他說：「我目送妳離開吧。」

「可是，鑰匙呢？」

「妳不用擔心，因為我有魔法翅膀。」

他抬頭看向半開的玻璃天窗。

我知道了，我說。

「那，再見——」

「嗯。」

我用食指擦去臉頰的淚水，用另一隻手揪住淚濕的連身裙領口。朝著溫室的出口邁開腳步。大哭一場後，內心奇妙地非常平靜。

媽媽，我低聲呼喊。

我確實說出口了喔，成功向喜歡的人表達了自己的心意，光是這樣就足夠了吧？

我打開玻璃門，回過頭，他還站在那裡望著我。我揮揮手，他便宣誓似的輕舉高左手。這是他的作風。

有朝一日，我也許會懷念地回想起他這時的姿態。在人生盡頭所作的夢中，一邊帶著輕柔的微笑，我——

走到外頭，我用力吸了一口庭園的空氣。

我不會忘記這份香氣，和你們讓我看見的璀璨美夢。

風吹動連身裙裙襬。

我不再有任何遺憾，這十七年來過得很不錯。

我朝著黑暗前進。

無論前方是什麼正等待著我，我也一定承受得住。

走在夜晚的庭園裡，我忽然如此心想。

第二部

17

秋風敲打在病房窗戶上。

夏天已經遠去，曾經那般吵鬧的蟬鳴聲也不再耳聞。午後雷陣雨的氣味，搖曳的熱浪，早晨盛開的白色芙蓉花。

這裡是沒有四季的地方。隔著玻璃，我被困在沒有顏色的世界裡。沒有芬芳的花朵，沒有扎到手指的玫瑰刺。非常安詳，寧靜得教人悲傷。

雖然不大，但我分配到的是單人房。

外婆每天來探望我一次。外公膝蓋不好，現在幾乎大門不出，所以會造訪這裡的外部人士只有外婆一人。我不曾覺得寂寞，反正以前的生活也和現在相去不多。

我並非為了治療特地住院，因此一整天大多迷迷糊糊地躺在床上，也越來越常大白天就開始睡覺。

我經常作夢。

一望無際的水鄉澤國。我乘著小船，前往霧之草原。蘆葦穗隨風搖擺。橫亙半空的巨大高架橋，低空飄過的灰色雲朵。有人在約定好的地方等待著我。單是想到這件事，胸口就隱隱作痛。但是，我卻無法憶起對方是誰。小船朝著水源靜靜逆流而上，彷彿有看不見的船纜正溫柔地拉扯著。

總有一天，一定。

帶著這樣的信念，我用手按住被風吹起的頭髮，眺望遠方的地平線——醒來時，我大多淚流滿面。不是因為悲傷。充盈於胸口的，是類似鄉愁的悵然昂揚。

霧之草原一定就是我今後將前往的場所。之所以無法回想起懷念人們的容顏，是因為幼時就分開了。

我將在那裡與母親重逢。

非常偶爾、心情好的時候，我也會夢見他。是很平凡無奇的夢，像是兩人並肩在森林裡散步。夢為幸福的心情賦予了形狀。事到如今我才發覺，他就是我的幸福。

剛住院時，學校老師曾一度來訪，告訴我他已經轉學。我問他轉去了哪裡，老師說了我從來沒聽過的地名，是連想像也無法如願的遙遠土地。

他走了，這讓我非常難過。縱然無法再見面，只要一想到他還住在那間別墅，我就能面帶微笑。遙想靠在木塔上的登山越野車，想像他現在正騎著那輛越野車，在森林裡奔馳。置於陽台上的搖椅、半毀的踏板、蓄水池四周的泥濘道路，不論他在哪裡，我都能回想起他的身影——

但是，真正的他已經不在那裡了。

我恐怕比自己想像中的，還要牢牢地被束縛在這片土地上。打從出生那一刻起，我就幾乎不曾離開到外地，也不曾對此心生不滿。在這裡出生，也將在這裡死去。所以這裡以外的其他地方，對我來說就等同其他星球一樣沒有真實感。

他好遙遠，遙遠得教人絕望。

前些日子，我睡了整整一天。之後變成兩天，再變成三天。

有些時候難得外婆來看我，兩人也無法交談。

我清醒的時候，外婆會天南地北閒聊，為我填滿這個空虛的房間。

一面用梳子梳我的長髮，一面開朗說話。聽說媽媽像外婆，那我這容易消沉的性格，肯定是像爸爸吧。

某天，外婆說了讓我有些在意的一件事。

她說有人在四處打聽他們一家人。

「是個子很高的外國人喔。」外婆說：「聽說附近的鄰居他們全問過了，是兩個穿著黑色西裝的人，說話很流利，但有些奇怪的口音。告訴他們那一家人已經搬走了以後，他們就露出非常惋惜的表情。又問了那一家人搬去哪裡，但我們也沒聽說，就老實這麼回答了。」

「他們是誰？」

「我拿了名片，但不曉得是哪一國語言，我看不懂。他們說自己是某大型公司的調查員。」

「他們為什麼要打聽那一家人呢？」

「我沒問理由，會不會是在調查保險之類的東西？那一家人該不會是連夜逃跑吧？」

只要稍微查訪，就能立即查出他的下落，因為連我都知道了。

他已經被追上了嗎？希望不是不好的事情。

他的妹妹一直沉睡著，睡臉有如天使，我不希望有人打擾她的安眠。

無論對方有什麼理由。

18

張眼醒來時，月亮的形狀變了，我連續睡了四天。

最近我開始服用促使自己清醒的藥，但幾乎沒有效。

我也已經無法走下病床。

也變得食不下嚥，不久前開始用點滴補充營養。

我沒有力氣看書，拜託外婆帶來的好幾本書一直堆在床頭邊。

現在讀到一半的書是一位猶太女性的日記，她在奧斯威辛集中營結束了短暫的一生。雖然沒有《安妮日記》中的安妮那般年幼，但她也才二十幾快三十歲，人生甚至過不到一半。

我對她的堅強心生嚮往，她竭盡全力地活過有限的人生。

她最後寫了封信給親愛的人們。

——但是，現在該走了，必須躺在床上睡一會兒才行。我有些累了，也感到頭暈。之後還得去洗衣場，找尋不見了的擦臉巾，但首先必須睡覺。關於將來，我已經堅定地下定決心，流浪之後要回到你們身邊。在那之前，再一次獻上我的愛意。懷念的人們呀——

19

窗外可見的白楊樹葉逐漸泛黃。

乾燥的風吹動電線，傳來哀傷的音色。

我想寫信給他，沒有收件人的信，我一定不會寄出去吧，甚至也不會寫完。但是，只要對他說話，內心就很平靜。心情開朗得不可思議，感覺心靈豐富充實。

我向他報告每天發生的點點滴滴。像是在夢中和他一起並肩散步；在森林深處，和他一起看見的、攀爬於凹凸不平樹皮上的奇妙大竹節蟲。

像是某個人告訴我的古老搖籃曲。有些類似從前的記憶，莫名懷念的曲調。

像是沒於群山之間的夕陽大得驚人。

還有——

我有時會在無意識間，以無形的手指描繪死亡的輪廓，教人不寒而慄的瞬間。如果死亡不過是絕對的虛無，那我又是為了什麼存在於這裡呢？

如果只是為了被摧毀才誕生到這世上的話——

我感到莫大的悲哀，哭了起來。

好想見他。

我為何會有這種念頭？連自己也匪夷所思。就算把我與他曾交談過的字句全集結起來，也少得可憐。他總是非常遙遠，我的心意連一次也不曾傳達給他。

然而，我卻覺得他是早在出生前就已注定的另一半。情感極度強烈，就像黑暗渴求著光明，像雨水落向大地，這般無庸置疑。

至少再一次也好——

我什麼時候變得如此貪得無厭呢？

身體不適的夜晚。

我一邊想著他，一邊等著睡意降臨。
病房很昏暗，但在外蔓延的黑暗更是漆黑得不見五指。

20

我睡得很沉。
再過不久，就要抵達霧之草原。
河流寬幅變窄，船緣觸碰到了蘆葦葉。
漫長的旅程，但是，再過不久也將畫下句點。
我漂浮在舒適愉快的慵懶氛圍裡，感覺自己正一點一點豁然開朗，澄淨得沒有半點混濁。
濃霧如隨風起舞的綢緞般流逝而過。
在白色紗幔的另一邊，有人呼喚著我的名字。
非常懷念的聲音。
我朝著聲音伸長手。

從小船往外傾身，試著喊出那人的名字。

但是，話聲被風吹散，甚至傳不進自己耳裡。

我再一次試著呼喊。

——學！

——同學！

——榊同學！

噓！有人摀住我的嘴巴。

張開雙眼，眼前就是他的臉龐。床邊的窗戶大開，白色窗簾被風吹得搖搖晃晃。

為什麼？我沒有出聲地動著嘴唇問。他後退一步，背靠著牆壁，環抱手臂定睛凝視我。

「我不知道。」他說：「我為什麼會來這裡呢？」

我什麼也答不上來，只是默默承接他的視線。

「你是來見我的嗎？」

他以模稜兩可的動作避開了我的問題。
「妳身體還好嗎？」他反問。
我靜靜搖頭。
「今天是幾號？」
他思忖了一會兒，再告訴我日期與星期。
整整六天，我說。
「這次我睡了整整六天……」
「是嗎？」他說：「妳瘦了很多呢。」
我忽然意識到被他看見了現在的自己，頓感坐立難安，盡可能縮成小小一團，想逃離他的視線。
「因為不久前起就沒吃東西……」
「嗯。」他點頭應道，聲音很溫柔。
剛清醒的混亂消退後，病房驟然恢復真實感。他就在這裡，雖然不敢置信，但這不是夢。意想不到的喜悅讓我的臉頰恢復了快要遺忘的溫度，臉好燙。
我若無其事地用手指撫過眼皮底下，揉散淤塞的靜脈血流。真希望能有時間化妝，即使只有五分鐘也好，夜燈的暈黃燈光對我來說就像是正午的大太陽。

「那個，」他開口說：「妳可能會覺得我這個要求非常奇怪——」

聞言，我的心臟猛烈跳動。明明沒有任何根據，卻擅自期待起來。情不自禁的告白，將永遠改變兩人關係的、強大咒文般的話語。

但這不過又是我一廂情願的想像。

他說了：

「可以讓我醫治妳的病嗎？」

過了好一陣子，我甚至忘了呼吸，因為這句話太過出人意表。

「咦？」我反問。「可是——」

他對我用力點頭，像要打斷我的話。

「我明白。為什麼不是醫生的我會提出這種要求，妳一定很不解吧？」

「對。」我同意。

他露出微笑，鬆開環抱的手臂，這次將雙手插進牛仔褲的前頭口袋。

「我天生擁有治癒人類疾病的能力，在我不得不背負的各種怪異體質中，這大概算是附贈能力吧。」

「可是，要怎麼治療？」

「透過接觸，然後許願，打從心底強烈地希望對方活下去。」

這時，我早已下定決心要將自己的命運託付給他。就算他要我一起從這裡跳下去，我肯定也會照做吧。

「現在在這裡嗎？」

他搖搖頭。

「沒那麼簡單，所以妳要考慮清楚。我自己也是第一接觸妳這樣重大的疾病，而且治療也有可能不順利。」

「嗯……」

「另外也很耗時間，可能要兩、三天，甚至更久。我們得移動到其他地方，因為這裡不會允許我們進行那種不科學的治療方法。」

「其他地方？」

「我們要回那間別墅。」

「可是那裡——」

「我知道。」他接腔說：「他們來過了吧？」

我沉默點頭。

「放心吧，這正是盲點，他們絕對想不到我還會回去那裡。」

「那些人是誰？」我問。

「是歐洲的老字號製藥公司，他們是那間公司的探員。」

「啊。」我輕叫出聲。「你的能力——」

他面露不快地頷首。

「嗯，其他還有種種因素，總之他們一直緊追我們不放。」

這句話似乎別有涵義，他僵硬的表情透露出了某些訊息。

「他們也去了你們的新家嗎？」

他搖了搖頭。

「他們沒那麼容易能找到，我告訴學校的地址也是假的。」

「是嗎？」

「嗯，其實我的名字也不是本名，真正的名字絕對不會告訴任何人。」

「咦？那麼……」

「榊冬馬是在那座城鎮生活時用的假名。」

我想知道他真正的名字，但不可能問得出口，於是改口說：

「你非常謹慎小心呢。」

「是啊。」

然後他問我：

「那麼，妳打算怎麼做？」

我讓雙手在胸口下方輕輕重疊，當作是端正坐姿。

「那就拜託你了。」

說完，我注視他的雙眼，他看來有些鬆了口氣。

坦白講，我並不認為自己的病能完全治好。這就像是母親傳承給我的業障，就如擺在故事前頭的目次，已事先預告了我的人生，命運無法改變。

我只是想和他在一起。單憑這份心意，我便決定跟隨他。

「我該怎麼移動？我幾乎無法走路了。」

他來回環顧病房，問我：

「妳有可以披在身上的東西嗎？外頭很冷。」

「櫃子裡有毛呢大衣，那個可以嗎？」

他點點頭，打開櫃子的門，從中拿出葡萄色的毛呢大衣，攤開來確認禦寒性。

「嗯，這個可以。」

原先沉滯不動的時間彷彿突然開始流動，朦朦朧朧飄浮在房裡的粒子被人攪亂，捲起漩渦。

「妳能坐起來嗎？」

我點頭，在兩手上施力，從病床撐起自己的上半身。他拔下我手臂上的點滴針，往我的肩膀披上大衣。

「對了。妳寫點留言吧，至少別讓大家那麼擔心。」

「也是。」

我從放在床邊桌上的便條紙座撕起一張紙，在上頭寫下給外婆的留言。

「妳寫了什麼？」

「因為不能說實話，所以我告訴她我要去見爸爸。我說有個人告訴了我爸爸的下落，我想去見見他。也有人會幫助我，請她不用擔心，過幾天就會回來了——這樣可以嗎？」

「嗯，我覺得這樣很好。反正這世上也沒有能讓人完全不擔心的魔法台詞。」

「嗯……」

一想到外婆，就感到心痛。但是，如果我的病情能略有起色，外婆一定會很開心。

「那我揹妳，摟住我的脖子吧。」

他走到床邊背對我，往下蹲低。

「要一路走到別墅嗎？」

我問他。

「很遠耶。」

「我有摩托車，從現在的住家到這裡來也是騎摩托車。」

「摩托車——」

總覺得很難立即想像出那幅畫面，騎著摩托車的他，全然陌生的，嶄新的另一面。

我伸手環抱住他的脖子，好溫暖，他的味道好令人懷念。他用修長的手指從下方撐住我的雙腿後，感覺毫不費力地站起來，動作驚人地流暢無阻。

「你力氣真大。」

我說完，他笑了起來，震動從他的背部傳達到我的胸口。

「我力氣很小，是妳輕得嚇人。」

我決定只帶一個放有日常瑣碎用品的手提袋，裡頭沒有什麼重要物品。有化妝品、裝了藥錠的藥丸盒、學生手冊和小零錢包，包裡放有外婆送我的護身符。

他揹著我打開病房的門，察看外頭的情況。

「沒有半個人，畢竟現在是三更半夜。」

他步出走廊，往盡頭的樓梯移動。病房在三樓，電梯就在護理站對面，所以不能使用。

他衝也似的奔下樓梯，感覺真不可思議，世界正以極快的速度流往身後。

為什麼？我對著他的背部問。

「你為什麼來找我？」

一看不見對方的臉，我就變得大膽。況且，我現在仍激動得不敢相信。

「還說想治好我的病，為什麼——」

「我不知道。」

又是相同的回答。

「不過，也許。」他自言自語似的低聲接著說：「我是希望回想起那座城鎮的時候，也能一起回想妳在那邊生活的樣子吧……」

妳就活在那片藍天下的某個地方——

我不由得脹紅了臉。

「謝謝你……」

說完，我在摟著他的手上用力。

我們從急診病患使用的出入口離開醫院。窗口有值班的醫生，但他正專心地看著電腦螢幕，沒有留意到我們。

他的摩托車就停在外面，一開始就設想好了這條逃脫途徑吧。

「那你是怎麼進來的？」

我問，他回答：

「跟往常一樣，利用翅膀從窗戶進去。」

聽起來不像是玩笑話，我忍不住看向他的肩膀。

他揹著我跨上摩托車。幾乎沒費什麼力氣，我便坐定在坐墊上。我扣好毛呢大衣的鈕釦。

他拿起掛在後視鏡上的鮮紅色安全帽遞給我。

「那你呢？」

「我不用。妳也知道，我受傷痊癒很快。」

我點點頭，將略大的那頂安全帽戴在頭上，裡面有他頭髮的香氣。他替我扣好下巴上的帶子。

「那我們走吧，只要大約二十分鐘，會冷的話也忍耐一下。」

「嗯，我知道了。」

他插上車鑰匙，發動引擎後，引擎的猛烈震動傳達到了腹部。

「感覺很恐怖呢。」

我說完，他點一點頭。

「因為這輛車是一千ＣＣ。」

「你有駕照嗎？」

「不，我沒有。但我很常騎，妳放心吧。」

我一瞬間感到不安，但仔細想想，也覺得這是種沒有意義的情感。

「我不擔心喔。」

我只告訴他這句話。

「嗯，我知道。」

他緩慢地發動摩托車，我想，他一定是顧慮到我吧。如果只有他一個人，他應該會更加強悍、更加自由地馳騁。

我們騎在幾乎沒有行車的國道上，往北前進。

大型卡車發出轟隆聲響與我們交錯而過，不曉得司機看到我們時，有什麼想法。我在毛呢大衣底下只穿著一件淡桃色的法蘭絨睡衣，他沒有戴安全帽，髮絲就像幾千條龍一樣激烈舞動。奇妙的兩個人。

他問了好幾次「妳不冷嗎？」但我一點也不冷。他的背部很溫暖，簡直就像直接抱住了向陽處的空氣。我心想，這個人是太陽。他是光，而我是影。

路途過了一半之際，他將摩托車騎進國道旁的便利商店。

「得購買大量食物才行，至少要三天份。」

「我吃不下。」

他露出有些意味深長的笑容，說著「別這麼說」，牽起我的手。

「摟住我的脖子吧。」

「我也一起進去嗎？」

「嗯，總不能讓妳一個人留在這裡。」

「店員會怎麼想呢？」

「會以為妳是被天使擄走的虛弱少女。」

他說得一臉認真，我覺得非常滑稽，不禁笑了起來。

他再次揹起我，穿過便利商店的大門。店員是名蓄著短髮，約莫二十來歲的男性。他抬起頭說完「歡迎光臨」，便又做起手上的工作。也許這幅光景並不怎麼稀奇。也許幾乎每晚都有虛弱的少女被天使擄走，而他們每次都會中途停靠在這間便利商店。

他往籃子放進罐頭和調理包為主的食物。

「那裡沒有冰箱，得避開生鮮食品才行。」

「不必買水嗎？」

「嗯，那間別墅是用馬達抽取地下水，也有住家自行發電的裝置。」

有想吃的東西嗎？他問。水果吧，我回答。其實我大概什麼也吃不下，但我不想讓他的體貼白費。他將水蜜桃罐頭放進籃裡。

在櫃台結帳的時候，我一直將額頭貼在他的脖子上。細細品味著難為情，與不敢置信的幸福感。

離開便利商店後，我們又往前騎了一陣子，下了國道，騎在杳無人煙的漆黑夜路上。離我家很近了。

「真懷念。」他說。

「時間還沒有過很久吧？」

「嗯，是啊。但我很喜歡這座城鎮。」

「是嗎？」

「嗯，很喜歡喔，像是很多事情。」

我一個人羞紅了臉點點頭，對他說的每一句話都臉紅心跳，就像裝了聲音感應器的人偶。

經過家門前時，他為我放慢了摩托車的速度。僅有門柱亮著燈，其餘一切皆沒入黑暗，外婆他們早已上床睡覺了。

「真沒想到還能再看見這棟屋子……」

「妳以後還能重新在這裡生活喔。」

「那樣的話，我——」

「嗯？」

但是，我想不到接下來要說什麼，於是對他說了「沒事」。

連我也不曉得自己有什麼期望，總覺得似乎在微光之中看見了什麼，那東西卻在成形前就倏然消失。

他在療養院遺跡前停下摩托車。

「基本上還是要慎重起見。」他說。

他揹起我，走在昏暗的松樹林裡。沒有月光的夜晚，黑色焦油般的黑暗包裹住我們。他的呼吸，枯黃松葉被踏碎的聲響，不時也能聽見從某處傳來的貓頭鷹叫聲。

不累嗎？我問他。

我沒事，他回答。

遠處松樹樹梢沙沙作響，最終蔓延至整片松樹林。

「風真大呢。」

「這一帶始終是這樣，這裡是風頭處。」

變作廢屋的療養院看來就像巨大野獸的影子，野狗還聚集在裡頭嗎？

鞦韆被風吹得搖來晃去，鎖鏈的吱嘎聲微弱迴盪。

我不害怕。只要他揹著我，我就很安全。各種災難都離我遠遠的，如同絕對的真空般保護著我，這絕不是幻想。

靠近別墅後，他好幾次停下腳步觀察附近的模樣。像草食性動物般將鼻子朝向半空，確認氣味。

「你聞得出來嗎？」

我壓低聲音問，他微歪過頭。

「大概吧。」

別墅就和以前來過時一樣，完全沒變地佇立在原地，連靠著木塔的登山越野車也原樣不動。

他小心翼翼地走上陽台，再一次環顧四周，說：

「應該沒問題，已經很久沒有人來過這裡了。」

「是嗎？」

「嗯。」

他從牛仔褲口袋裡掏出鑰匙，解鎖打開大門。

往屋內踏進一步後，他對我說道：

「歡迎來到我家。」

21

他讓我在臥室的床鋪坐下，點亮蠟燭後，再度走到屋外。

不一會兒，別墅後頭傳來了像是低吟的聲響，他說過那是用了柴油貨車引擎的家用發電機。將發動的電力蓄到電池，再送往水井的抽水機，不會用於照明，因為蠟燭就夠亮了。

他一邊以毛巾擦手一邊走進房間，問我：「妳感覺怎麼樣？」

「我沒事，感覺甚至好得不可思議呢。」

嗯，他應著。

「不過，接下來有些時候妳可能會覺得很難受，因為是要改變妳身體的構造本身。但是，只要能度過險境——」

「我相信你。」我說。

他露出有些曖昧難辨的表情，聳一聳肩。

「別太相信我比較好喔，綁架犯也有可能不是天使，而是惡魔。」

「那也沒關係。」

即使你是被派來帶我離開這個世界，我也不在乎——

他洗完澡後，將好幾罐罐頭倒在盤子上，配著開水大口囫圇吞下。之後，他不知從哪裡拿出了床單，密實地覆蓋住房間的窗戶。

「為什麼要這麼做？」

「因為我不太喜歡陽光。」

「屋裡還留有一些家具呢。」

「這些是原本就有的，這張床也是。」

「好像公主的睡榻喔。你妹妹仍然沉睡不起嗎？」

「嗯？」

「你家的睡美人。」

「嗯，她還在沉睡。」

他將小型翻頁式時鐘放在床邊的櫃子上。

「現在是半夜兩點。」

「你不想睡嗎？」

「我幾乎不睡覺，是與生俱來的失眠症。」

「不覺得痛苦嗎？」

「不會啊，魚兒並不會感嘆自己無法在陸地上行走吧？就和那一樣。」

「真像呢。」我說：「你和我。」

「嗯，比我們以為的還像。」

他在附有把手的大容量寶特瓶裡裝滿水，一樣放在床邊。

「那麼。」他開口，看起來似乎有些緊張。

「有一件非常重要的準備工作。」

「是什麼？」

他有些支支吾吾，接著吐露秘密似的壓低嗓音對我說了：

「可以的話，兩人的肌膚最好直接接觸。」

我望著他的臉龐，搖動的火光在他的臉頰落下模糊的紋路，就像穿著木鞋跳舞的小丑皮影戲。

「要脫衣服嗎？」

「嗯。妳不介意的話。」

「我是不介意……」

「內衣褲可以繼續穿著沒關係，因為沒太大差別。」

「但我沒有穿內衣。」

「啊。」他回道。「這樣啊……」

「如果有圍巾之類的東西，或許可以用那個代替。」

「我知道了。」他說：「我去找找。」

我目送他走出房間的背影，同時努力平復自己心中的混亂，最大的問題恐怕出在自己貧瘠的身材線條上。一想到會被他看見，我就難為情得臉龐幾乎要燒起來。如果是身體健康的時候，我大概不會這麼不知所措吧。之所以能很快下定決心，與我的經歷有關。倘若是小事情，我會東想西想舉棋不定，但一到關鍵時刻，我就會當機立斷。

我遲疑了一會兒後，脫下身上的毛呢大衣，放在床上。再輕輕直起腰，脫下睡衣褲子。正要抬手解開上衣鈕釦的時候，房門打開了，我急忙背對房門。

「不冷嗎？」他問。

「不會，現在還可以。」

「嗯。」

這個怎麼樣？他朝我遞來了紗質披肩。披肩的話長度足夠，顏色為淡藍色。

謝謝，我說道。從他手中接過披肩。

「我會背對著妳。」他說。

「嗯。」

我脫下睡衣和T恤，用披肩在胸脯上纏了兩圈。但因為是紗布材質，會有些透明，但也無可奈何。

我悄悄回頭，他正脫下牛仔褲，上半身已經赤裸。後背緊實，沒有半點贅肉。其他戀人第一次的時候，肯定也是像這樣放不開地脫著衣服吧。

我忽然憶起那個美女跳高選手，心想如果是她，想必會一點也不害臊地站在他面前。

他穿著類似慢跑短褲的內褲，看來應該是黑色，長度不長。他一定是事前準備好的吧。我低頭看向覆住自己腰部的那件又小又單薄的內褲，心底對他有些埋怨。預先通知一聲的話，我也會準備啊——

「好了嗎？」他問。

我急忙在床上躺平，背對著他。

「嗯，可以了。」

他走上床，體重使得彈簧床發出吱嘎聲。

「轉過來吧。」

心臟跳得飛快，我甚至害怕起自己會不會就此死去。

我輕輕翻身，正面朝向他，一轉身便見他晶亮的大眼睛。

「怎麼了嗎？」他問。「妳好像很難受。」

我默不作聲，輕輕搖了好幾次頭。

「我沒事，麻煩你了。」

他點點頭，拉起疊在腳邊的毛毯。接著將一隻手伸進我的腰部下方，另一手抱住我的肩膀。

某種未知的感覺在胸口擴散開來。我禁不住要驚呼出聲，但拚命忍住了。

「要盡可能讓身體沒有空隙地貼在一起。」

他的聲音很冷靜，就像操作機械設備的工程師，僅將注意力集中在如何提升效率至極限。

「腳最好也纏在一起。」

我的臉靠著他的胸膛，兩人間竄起的悶熱空氣讓人喘不過氣。

「要這樣子保持三天嗎？」

我詢問後，額頭邊響起他的聲音。

「嗯。除了吃東西和上廁所外，一直保持這樣。」

「洗澡呢？」

「盡量將分開的時間壓縮到最少比較好。」

「這樣啊……」

交談以後，心情稍微平靜下來。

「欸。」我喚他。「你以前也都是這麼做嗎？」

「嗯？」

「治療其他人。」

「不。」他答。「這是第一次。」
「是嗎？」
「因為至今的生活，我都盡可能不與他人接觸。」
他伸長手，挪動枕著頭的靠墊。
「但是，我知道怎麼做。媽媽告訴過我，我也看過很多次。」
「媽媽嗎？」
「嗯，媽媽也像這樣治療過爸爸的病。」
「但你說他過世了……」
「嗯。」他說：「那個算是意外吧……」
對不起，我道歉。
「不說也沒關係，那是痛苦的回憶吧？」
「嗯，但不要緊了，我已經決定別為過去的事情太難過。」
他又說道：
「我爸開著車，從山頂附近的道路掉了下去。現場沒有煞車痕跡，誰也不曉得真相。所以，必須自己決定答案才行。」

我——他接著說：

「認為那是意外。」

「嗯……」

「他和妳有點像。」

「你爸爸嗎？」

「嗯，像是喜歡植物，和完全不害怕獨來獨往這些地方。」

「是嘛……」

「他年輕的時候在玫瑰苗圃工作，熟知各種花卉，但我是一竅不通。」

「那我教你。」

我說。

「如果我病好了，我教你那座頂樓庭園裡所有盛開的花的名字。」

「嗯。」他答。「聽來真不錯。」

「我爸爸是畫家。」

「喔？我也會畫畫喔。」

「是嗎？」
「雖然完全是自成一派的畫法。」
「真想看看。」
「以後有機會的話……」
他的手指輕輕往上撫過我的背部，類似眨眼的無意識行為。但是，我敏感地產生反應。體內有什麼東西開始轉動，就像胎動一樣，未知的感覺讓我狼狽無措。
「總覺得，」我對他說：「身體好熱……」
「嗯，細胞正開始活化，這是正確的反應。」
之後還會更熱喔，他說。
「現在才剛開始而已。」
蠟燭已經熄了，在伸手不見五指的漆黑中，我們低聲交談。
「想睡的話，妳儘管睡沒關係。」
「可是——」
「放心吧，數小時後一定又會醒來。」
「是嗎？」

嗯，他答腔。

「不論身還是心，一切都會開始活化。」

驀然回神，我正有些打盹。

「對不起。」我向他道歉。「我好像睡著了。」

「嗯，妳發出了均勻呼吸聲喔。」

「我睡了多久？」

「至多十五分鐘吧。」

他說得沒錯，剛才的睡眠很淺，這種情形真難得。

我同時感到難為情與不安，睡眠讓我毫無防備。我不曉得什麼事會讓他失望，明明又不是男女朋友——

「對不起。」我又一次道歉。

「為什麼？」

「竟然一個人睡著，太不體貼了。」

他笑了起來。

「病人不需要體貼別人吧。」

「可是，你又不是醫生。」

「話是不錯——」

我們同時思索著同一件事，彼此也都注意到了。我們的關係，一種難以命名的奇妙聯繫。僅僅數小時前，我們還只是單純的同班同學，現在卻以等同全裸的姿態緊緊抱著對方。

令人驚訝的是，發生關係一事完全被我們拋在腦後，我感覺得出這點。儘管我手足無措，他卻自始至終都很冷靜。明明他是十七歲的男生，我除了單薄的內衣褲外，身上什麼也沒有穿。

我決定不再將理由怪罪在自己貧瘠的身材線條上。他正全神貫注地治療我的病，我還在意這種事情的話，真是太不知檢點了。

怎麼了？他問。

處在黑暗中，神經似乎變得比平常敏銳，很輕易就能擷取到對方的情感波動。我心中小小的苦澀、不安。對他來說，我是什麼樣的存在呢？我感覺得到好感，但那和醫生對病患懷有的使命感又有什麼不同？

我問出了連自己也料想不到的問題。

「你沒有治好那個人嗎？直到她能再次跳高為止——」

他的身體微微顫動，動搖透過貼合的肌膚如波浪般傳來。

「那不可能。」他回答。

「為什麼？你們之前明明那麼親密……」

自己那責備的語氣讓我非常厭惡，但是卻無法停下來，我也許是第一次明白何謂嫉妒。截至目前為止，我不曾把自己和她放在一起比較。但是，他與她的這個行為，必定會使我與她並肩排在一起。

我最好……他難受似的低喃。

「不要再接近她了，這是為了她好。」

我一直等，但他沒有再說下去。我心想，不能再問下去了。很後悔提起她。

他很痛苦，真受不了自己神經這麼大條。

「對不起。」我小聲說。

他不發一語。

對不起。這次我沒有出聲，在心底悄聲說。

他放鬆緊繃的身體。
「妳不需要道歉。」
他說。
「因為都是我不好。」

22

朝陽即將升起。
從覆住窗戶的床單微小纖維縫隙間，光之粒子鑽入房間。粒子撞在牆壁和地板上，依稀照耀出其形狀。用熟悉黑暗的眼睛觀看後，一切都顯得清晰分明。
他閉著雙眼思考事情，說不定是在祈禱我能恢復健康。他的鎖骨彎曲成弓的形狀，我很想湊上前親吻，但竭力忍住。我的心情非常亢奮，這或許也是治療造成的效果之一，整個人變得心浮氣躁。
不可以讓他知道，因為太不檢點了。我很興奮，這份心意化作言語我也很清楚，但沒想到竟然這般強烈。有種自己的內心像攤在陽光底下的忐忑不安感，也覺得有些愧疚。所有情緒交織在一起，讓我激動的心情沒有極限地繼續攀升。

也許有某些情感太過度了，我們不過是抱在一起而已。

如果兩人就像戀人一樣繼續下一步的話，我一定會承受不了吧。

他張開眼睛，說「早安」。

我也回以「早安」，但聲音有些顫抖。

「天亮了呢。」

「嗯，是啊……」

「感覺怎麼樣？」

「感覺很奇妙，自己好像不是自己了——」

「就這方面來說，這可能是正確的感覺吧。因為妳重生了。」

「嗯……」

「再保持一陣子，我們就吃早餐吧。」

「但我好像吃不下。」

「嗯。但最好至少攝取水分，因為妳流了不少汗。」

「好……」

為了不被他發現我內心的動搖，我話少得超出必要。我自己一個人感到興奮，愛慕越來越強烈，真是太丟臉了。

他鬆開環抱住我的手臂，朝枕邊的寶特瓶伸長手。他手曾放著的地方總覺得有些涼意，彷彿被人剝下了那裡的皮一般，內心惶惶不安。

他依舊和我抱在一起，靈活地打開寶特瓶的蓋子，略微撐起頭喝水後，再將寶特瓶遞給我。我強烈意識著他嘴唇觸碰過的地方，輕輕喝水。水滑過喉嚨時的暢快感，讓我驚覺自己比想像中還要渴。

花了點時間攝取大量水分後，不久前便感受到的下腹部壓迫感變得更是明顯。

我難以啟齒地猶豫不決時，他體貼地察覺到了。

「要去上廁所嗎？」

我難為情地低著臉龐，輕輕點頭。

他將蓋著兩人的毛毯拉到一旁，放開我的身體。有種身體的一部分被撕離的奇妙感覺，輕柔的失落感在胸口與腹部蔓延。

兩人全身上下汗水淋漓，床單肯定也浸透了大量的汗水吧。

我試著起身，卻使不上力。沒想到比我預料中還消耗體力，明明身體感覺很輕盈舒暢，也有些像是因感冒而臥病在床數天後的發軟倦怠感。

「別勉強自己了。」

話聲方落，他毫不費力地抱起我。

突如其來的舉動讓我發出細微尖叫聲。

「抱歉，嚇到妳了？」

我不知道該怎麼回答才好，只是沉默地搖一搖頭。

「抱緊我吧。」

在他的催促下，我環抱住他的脖子，他的脖子和我的手臂全是濕答答的汗水。我很在意緊貼在肌膚上的內衣褲，但是，事到如今我也不敢開口說其實想要可以蓋住身體的遮蔽物。

他走出房間後，在昏暗的走廊上邁步。

「不冷嗎？」他問。

「不冷。」我回答。甚至覺得冷空氣很舒服。

他打開盡頭的門扉，裡頭是浴室，有腳浴缸旁邊就是白色陶瓷製馬桶。他輕手輕腳協助我站立後，問：「沒問題嗎？」

我抓住牆壁上黃銅製的黑色扶手，慢慢地坐在馬桶上，硬質樹脂的冰冷觸感讓我不禁打了冷顫。

「嗯。」我應道。「沒問題。」

他就此後退，說完「好了再叫我」便關上門。我側耳傾聽，聽見他的腳步聲越來越遠。這是他的體貼吧。

天花板附近有扇小窗，破曉前的幽光照亮浴室裡的老舊磁磚。

我恍惚地低頭看著自己的身體，為自己赤裸的模樣大受衝擊。一切都裸露在外，毫無秘密可言。

我幾乎不曾感受過他的視線，所以不需要在意吧。起碼想擦擦汗，但浴室裡不見半條毛巾。

我超乎必要地待在浴室裡很長一段時間。

我扶著洗臉台站立，檢視著鏡裡的自己時，他出聲喊：

「妳還好嗎？」

我急忙用手指梳理凌亂的頭髮，回答：

「嗯，你可以開門了。」

他和來時一樣，回程也一路將我抱回床上。臥室感覺比適才更加明亮，我拉過毛呢大衣，蓋住自己的前半身。

會冷嗎？他問。於是我回答「有一點」。他絲毫沒有懷疑，看向房間的天花板附近，尋找漏風空隙。

「再稍微忍耐一下。」他說：「我想趁著能吃的時候盡量多吃一點。」

「嗯，我等你。」

他有些長時間地凝視著我後，才轉身走出房間。細不可察的執著，若有似無的變化。但是，我甩甩頭將其否定，因為我知道什麼才是魅力。

我慢吞吞地拉下毛呢大衣，拿起他為我準備的濕毛巾擦拭身體。

23

太陽完全升起，房裡盈滿淡奶油色的光芒。米色壁紙，松木製成的床。以前見過的深紅色華蓋已經拆除。

氣溫上升，他的身體也前所未有的熱燙。我躺在他的懷裡，就像置於孵蛋器裡還很柔軟的蛋般，重複著懶洋洋的胎動。

為什麼？我問他。

為什麼要用床單遮住窗戶？這我之前問過了嗎？

我也不清楚，他說。

「我從小就害怕陽光。」

「是嗎？」

「妳看，」他開口這麼說：「因為我是吸血鬼啊。」

他的玩笑讓我笑了起來。

「那麼，我也是吸血鬼呢。」

「喔，為什麼？」

「我也害怕陽光，會有過敏反應。長時間待在強光底下的話，還會引發休克。」

榊同學也是嗎？我問。是啊，他回答。

「和妳差不多。體力足夠的時候，還算承受得住，但身體虛弱的時候，一照到陽光就很痛苦。」

「特殊體質。」

「沒錯，特殊體質。」

「你那麼長的劉海也是為了抵擋陽光嗎？」我一問完，他笑了出聲。

「不完全是，我真正想抵擋的也許是人的目光。」

這個答案教我意外。因為他看起來，遠比我更擅長與人相處。我這麼表示後，他便反駁「才沒有這回事」。

「我很害怕人類。」

施暴的光景倏地浮現腦海。我打著冷顫後，他反射性地在手臂上施力，又說：

「從小別人總是對我抱有敵意。」

「為什麼？」

「大概是因為我和大家不一樣吧。」

「是啊，你很不一樣。」

「嗯，人都會討厭與自己不相似的事物。儘管我總是小心留意，努力與大家和平共處。但是，他們就是不肯放過我——」

「在轉來我們高中之前也是嗎？」

「嗯，不管在哪裡都一樣。」

「你不曾用武力保護自己嗎？」
我問完，他的身子微微顫抖。
「我辦不到。」過了許久，他才用細若蚊蚋的聲音說：「我打從心底害怕暴力。」
「嗯……」
他略微挪動身體，改變與我接觸的部位，他對待我就像是孵著卵的親鳥。
「光是看到別人受到傷害，我就想吐了。」
他虛弱地搖搖頭。
「對於自己也是一樣。我如果對別人揮出拳頭，可能會因此當場暈倒吧。」
我有些不知所措，既驚訝於他的脆弱，但也更加確定自己為何受他吸引。
「我明白，我大概也一樣吧。」
他不可能發現吧，但我幾乎是當作告白地對他說出了這句話。
「我知道。」他說：「因為我們很像。」
我感到想哭，我們遇見了彼此，這讓我非常高興。
我們說不定是很久以前被拆散的雙胞胎，他這麼說。
就像是顏色和香氣都不一樣的兩種玫瑰吧，雖然許多細節都不一樣，但追本溯源的話，會發現是同一種野玫瑰。

「是嗎？」

「大概吧。」

相遇的話，就一定會發現。他說。

「我們就是被創造成這樣的存在。」

24

到了下午，我還是幾乎沒有半點睡意，他的失眠症好像也傳染給我了。

我們一個勁地滔滔不絕聊天，我至今從未與他人講過這麼多話。我想了解他，他也想了解我。

「這算是端看個人感受吧。」他說：「對於惡意和嚴厲的過敏反應，我認為這算是一種發展過度的生存本能。」

「是嗎？」

「嗯。」

他又說了：

「我從小老是畏畏縮縮，也非常無法忍受看到別人爭吵，就連電影或電視劇裡演的劇情也一樣。就像其他小孩看到恐怖電影裡的可怕場景時會閉上眼睛一樣，我一看到演員們的小爭執，或自以為是的人替天行道的場景時，也會摀住眼睛。」

「我也是喔。」

「是嗎？」

「嗯，我也很難忍受看到別人被罵的場景。但是，這個社會一直上演著這樣的故事。我以前沒有發現到自己和別人不一樣，所以老是覺得不可思議，為什麼大家都要特地看電視劇或電影，讓自己產生那種不愉快的心情。」

「我懂。」他表示同意。「我們和他們相差太多了。」

「我們真是膽小鬼呢。」

「嗯。因為越來越膽小，我變成了非常厲害的跑者。為了逃跑。」

「可是，你沒有逃跑吧？」

「因為那是最終手段，大多時候老實地服從對方比較好。沒了宣洩出口的憎恨會越變越巨大，不抵抗的話，憎恨之火就會慢慢熄滅。」

「話是沒錯……」

「疼痛只有一瞬間而已，隔天就好了，這也是我們這一族人獨自的演化吧。因為很軟弱，才取得了這項能力。」

「跟我相反呢。」

「嗯？」

「我天生身體就很虛弱，媽媽也是……」

「但是，這當中或許也存在著某種意義。」

「什麼意義？」

「嗯，我也不太確定。可能是溫柔、包容，或是體貼。」

也對，我附和道。

「那我就這麼想吧。我會以這副模樣誕生到這世上，一定有什麼理由才對。」

「嗯，應該吧。」

「妳小時候是什麼樣的孩子？」他問我。「我想知道。」

「我小時候身體很虛弱，三天兩頭就發燒，老是躺在床上。各種事物都會刺激到我，陽光自是不用說，食物、氣味、聲音，連衣服的觸感也是。」

「我能明白。」他說：「我們太過敏感了，我想這也是過度發達的防衛機能。等這次治療結束，應該會改善很多。」

「真的嗎？」

「嗯。」

「那就太好了。」我說：「因為我小時候非常膽小，幾乎不曾跑到戶外，一整天都待在家裡。我很擅長自己一個人玩耍，可以好幾個小時不嫌膩地盯著滴落的雨水和線香的白煙。所有事物都很吸引我，放在簷廊上的彈珠一照到光，就會出現類似彩虹的圖案，我很喜歡看那幕景象。也會用手指撫摸海螺的紋理，一直聞外公的書架的味道，過得就像是一種還沒變成人類的生物。我也甚至直到三歲才開口說話。」

「妳第一句話說了什麼？」

「小蒼蘭的花非常漂亮，我就對外婆說了：『這朵花好漂亮。』」

他笑了起來，搔癢似的震動傳到胸口。

「突然就開口？」

「對啊。因為我並不是不會說話，只是覺得沒有必要說話而已。」

我可是很快喔，他說。

「無論走路還是說話，都像野生的野獸一樣很快就學會了，大概是嚴苛的環境促使我辦到的吧。」

「你們在那時候就受到了追趕嗎？」

他點點頭。

「早在我出生前就是了。從待在母親肚子裡的時候，我就是個逃亡者了。」

「你過得真辛苦。」

「也不盡然吧。」他回答。「況且我也不曉得別人的人生過得如何，現在這個瞬間像這樣和妳度過，我也不覺得有什麼不好，並非遇到的所有事情都是痛苦的。」

我感覺到自己的臉變紅了，什麼也說不出口，只是安靜地將額頭貼在他的胸膛上。

太陽開始西沉，房間變暗後，我們互相擦拭彼此的汗水。

我背對著他，輕輕拆下纏住胸部的披肩。

很奇妙地，我已開始習慣。也許羞恥心和嗅覺一樣，當相同的狀況持續保持，就會慢慢變得淡薄。還是這股非比尋常的熱意，讓我變得前所未有的大膽呢？

我將頭髮盤在頭頂附近，再用髮夾固定住。濕毛巾碰到我的脖子，我不禁發出嘆息聲。

「冰冰的真舒服……」

「因為體溫上升了不少。」

「是嗎？」

「對，大概有三十八或三十九度。」

「這麼高嗎？」

我驚訝地轉身，但察覺到搖晃的胸脯，慌忙用手遮住。

「嗯。不過，這才剛開始而已。若想脫胎換骨，就需要更高的熱度。」

「好像有點可怕。」

「放心吧，有我陪在妳身邊。」

「嗯，也是呢……」

我擦完後，接著輪到他。我用吸了汗水後變重的披肩再次裹住胸部，非常後悔沒有帶來替換用的內衣褲。我怎麼會沒有想到呢？因為太突然了，我便什麼也沒多想地來到了這裡。但如今想來，我應該帶更多東西過來。像是體香劑、頭髮乾洗劑、護唇膏和梳子。

我從他手中接過毛巾，尋找還沒用過的乾淨區塊，讓那一部分朝上。

他的背部濕透，平滑得有如棲息於水中的野獸肌膚。我用毛巾沿著脊椎擦去汗水，感覺非常親密。我有種兩人彷彿早在很久前就是這麼生活的錯覺，明明才只過了一天而已。

擦完汗水，我們再次互相擁抱，汗濕的床單傳來我們的氣味。

他蓋上毛毯，裡頭就成了兩人的巢穴。即將滅亡種族的最後兩個倖存者，我忽然產生這種想法，對那份孤獨湧起類似暈眩的激昂。

他的懷抱非常舒服。

微暗之中，觸覺變得比平常還要敏銳，我能夠像是親眼檢視般感覺到他的全部。薄薄皮膚底下的肌肉，強而有力跳動的心臟，柔軟體毛的微弱顫動。

他汗水的味道，和耳畔響起的呢喃。

最終，這也許是種同化的過程。將他的強大，和他自身納入我體內。

多麼美好的治療方法啊，我暗忖著。

一邊與喜歡的人互相擁抱，我一邊等著羽化的瞬間到來——

這時的我還沒有發現，要將人從死亡邊緣帶回來，並不是那麼容易的事。他不時流露出的擔憂眼神分明宣告了這件事，但徹底飄然陶醉的我卻絲毫沒有察覺。

25

隨著夜深，我的熱度更是上升。

上升沒有極限，我感到害怕。

還沒嗎？我問他。

還沒，他回答。還需要更多熱度。

我搖搖頭，對他說：「真不敢相信，人類的體溫不可能變那麼高吧。」

「那可不見得。」他說：「不試試看不會知道。」

「我倒是聽說過細胞會損壞。」
「嗯，這就是我們努力的目標，之後才會開始再生。」
我決定不再追問他。
不知道大概比較好吧。比起死亡，我更害怕這件事伴隨的痛苦。
他溫柔地摩挲我的後背。
「放心吧，妳一定會恢復健康，不會像妳母親一樣。妳會繼續活下去，結婚生子，孩子長大後又生下小孩——」
「結婚？」
「是啊。」
「我從來沒想過。」
「嗯，那就從現在開始想吧。」
「你呢？」我問，抱著些許的期待。
「我不會結婚。」他迅速這麼回答。
「為什麼？」
「因為這樣子比較好。」

「你怎麼會有這種想法？」
「我不想讓任何人不幸。」
我感到想哭，覺得自己遭到了拒絕。
雖然隱晦不明，但我能明白他的弦外之音。他擁有特殊體質，這肯定是原因所在。但是，我們兩人很相像，我應該遠比任何人還能了解他。
我也不曉得自己在期待什麼答案，可是，他的話語太悲傷了。
好寂寞呢，我說。他便用冷淡的口吻應道「也許吧」。
「但是，這也無可奈何。」
他說。
「因為這就是我背負的宿命。」

26

熱度在深夜達到了頂點，之後真正的治療才宣告開始。
熱度教我難以忍受，我無法抑制地發出呻吟聲。要是緊閉上嘴巴，頭部好像就會因為內部壓力而爆炸。

榊同學、榊同學，我不斷呼喚他的名字，就像是無意識間發出的祈求。如果我心中有母親的殘影，我大概也會不停呼喚她吧。

他很冷靜。協助意識朦朧的我喝水，用放在枕邊的毛巾為我擦去額頭汗水。

沒事的，他反覆這麼說。妳一定會好起來。

我緊抱著他，像個孩子似的一再一再點頭。

心臟以令人難以置信的強度向全身輸送血液，我的心臟就如橘子那般小，現在我卻覺得它彷彿膨脹成了椰子那麼大。

我在他懷裡劇烈地彎曲身軀，每一次都將堆積在肺底的熾熱空氣，像不小心誤喝下的熱開水般用力吐出。

我的呼吸急促，每次呼氣，便克制不了地發出野獸般的低吟。

我也許撐不過去，我好幾次都這麼想。

再這樣下去，心臟一定會疲憊地放棄跳動。

從小我就被禁止做激烈的運動。我的心臟脆弱得好比放在背陰處的盆栽，如果剖開胸口，應該可以看見裡頭放著淡象牙色的虛弱跳動器官。

這就是我的心臟，所以我不怎麼相信它。他並不明白這一點。

我說不定會在他的懷裡斷氣，這樣對他太過意不去了，我好幾次都要求中斷地對他說：「已經可以了。」

我死了的話，他必定會深深責怪自己。但他根本沒有自責的必要，因為這條命，我早就做好了覺悟。

讓我回到醫院的病床上吧，我對他說。

那裡才是我原本該待的地方。我作了夢，夢中的我非常幸福。我的願望實現了，不是長命百歲，而是像這樣被你抱在懷裡。所以可以了，這樣已經夠了……

但是，他不肯放開我。

妳比自己想的還要堅強喔，妳一定熬得過去。我就是知道，才會綁架妳。

我被綁架了嗎？

嗯，沒錯。

雖然沒有告訴妳……他低聲說。

什麼？

嗯，這個治療疾病的力量——

嗯……

能夠行使的對象有限制。

有限制……

他開始解釋。

必須打從心底希望對方活下去。

嗯……

我沒有辦法治療無法衷心如此希望的人。可是——

嗯……

我知道，自己能治好妳，我是發自真心希望妳活下去，而這種心情——

我已經無法說出具有意義的話語，邊發出了不成聲的吐息，邊在模糊的意識之間聽見他輕聲低語。

這種心情——大概就是愛吧。

27

將屆拂曉之際，我的心臟一度停止跳動。

我記得那個瞬間，才剛發現原先那般劇烈跳動的心臟突兀地痙攣，下一秒就癱軟不再跳動。

我隨即失去了意識。

接著醒來時，我感覺到了他的嘴唇。

和一般的心肺復甦術有些不同，簡直像是愛的行為，他正將自己的靈魂注入我的體內。我還無法動彈，只是靜靜地感受著他。

我仰躺在床上，他覆在我身上，左手貼在我的心臟上方。事後我才發現，纏著胸部的披肩已在不知何時鬆開。

他的手就像熨斗一樣滾燙。心臟雖已恢復跳動，但節奏還非常不穩，我就像胎兒般屏著呼吸，默默窺伺著再生的時機。

他將自己的嘴唇疊在我的唇上，用他強韌的肺為我灌注生命。

他呼來的氣息擴張了我的肺部，我感覺到自己的胸口在他掌心下靜靜隆起。

旋即我自己恢復了呼吸，也能發出聲音。

我沒事，我說。聲音遠比自己預想中清晰堅定。

他目不轉睛地凝視我的臉龐，天亮前的微光朦朧地照出他細部的輪廓。他的雙眼像野獸般發光，彷彿可以在撐大的瞳孔深處看見他緊繃的心。

他濕透的臉頰有些許淚水的味道。

太好了，他說。真的是太好了……

我有多久都沒呼吸？我問他。

大概只有幾十秒吧。

他答。

妳應該連作夢的時間也沒有。

嗯，我說。

我什麼也沒看見，不論是發光的隧道，還是漆黑的河流……

他點一點頭，緊抱住我。

我絕不會讓妳死掉。

這聲低喃非常尖銳。

無論多少次，我都會把妳帶回來，就算要賭上這條命。

我置身在重生後的愉悅昏迷中，所以，我忽略掉了他話語中的真正涵義。

我露出微笑，親吻他的臉頰。

謝謝你，我說。

我已經沒事了。

然後，我再度失去意識。

28

之後那一整天，我都徘徊在朦朧的意識中度過。夢與現實之間有著奇妙的灰色中間地帶，時間遭到延長、沉澱，時而甚至倒退。

我回到小時候，一個人在家裡的庭院玩耍。

一邊細數著盛開的花的名字，一邊走在日暮時分的庭院裡。

細香蔥、蒲公英、金盞花、

山東萬壽竹、薊花、白玉蘭——

在庭院樹木後頭，有名嬌小的女子在揮手。

是母親。

我奔向她，輕輕朝她伸出手。她面帶微笑，和我一樣細數花名。

毛蓼、牡丹、曼珠沙華、

茶梅、瞿麥、勿忘草——

我正要輕輕觸碰母親，她便碎裂成無數碎片，變作上百成千的黑色蟌群。

蜻蜓們如黑霧般捲起漩渦，試圖將我帶到他方。我緊攀住百日紅的樹枝，拚命抵抗。樹表很滑，我好幾次都險些鬆手。

最後，就在我力氣耗盡、身體快要飄進半空中時，一道強大的力量將我拉了回來。

恍然回神，他正緊緊抓著我的手腕。

怎麼了？他問。

是媽媽，我說。

嗯，他點點頭。

道路。

妳呻吟得很嚴重。

我呼吸急促地緊緊攀著他。

我選擇了他。不是母親，而是他。對於自己的人生，我正走向和母親不同的道路。

心臟依然快速跳動著，但在我聽來像是遠方的雷鳴。我對自己的肉體感到陌生，相對地，感覺心變得非常自由。

死亡總是近在咫尺，但我不害怕。這種精神麻痺，可能是面對痛苦和恐懼時自行啟動的緩衝措施。在心臟停止的那一瞬間，預先準備好的鎮定劑流進我的血液裡。自那之後，我的神經對多數情況都無動於衷。

我們令人難以置信地流下大量汗水，穿在身上的衣物幾乎都沒了用處。流過兩人之間的熱燙體液形成小河，注入床單。床鋪吸收了好幾公升的汗水後，地板重得發出了吱嘎聲響。

我將嘴唇湊向他遞來的寶特瓶，如嬰兒哺乳般喝著水。不自覺地低聲唸著無意義的喃喃自語，聞著流過他胸膛的汗水味道。我置身在比起人類，更近似於野獸或魚類的場所。

我微睜開眼睛，看見蓋著我們的毛毯冒出熱氣。熱就是生命，我想。死亡冰冷又僵硬。我的肉體柔軟，密合地依偎著他的身體。流動，變形，逐步適應。

妳沒事吧？他問我。

我不停大口喘氣，回答：嗯，我沒事。

但聽起來不像。

我察覺他在開玩笑，想笑出聲音。

就快了，他說。妳再忍耐一下。

我點點頭，竭力想表達我很信賴他。我想告訴他，我已經什麼都不害怕了。但喉頭太過緊繃，我無法開口說出心中的想法。

我夢見自己被火焰包圍，大叫出聲。醒來之後，仍然無法停止尖叫。

噓——他安撫著我。

剛才我燒起來了，我對他說。

嗯，但火已經熄滅了喔。

我定睛看著自己的手，對上頭沒有半點傷疤感到驚訝。曾像火炬般熊熊燃燒的我的手臂——

鼻腔深處殘留著頭髮的燒焦臭味，遭到煙燻的潰爛喉嚨。

就在方才，另一個我的生命在其中結束了。

這是現實嗎？我問他。

應該是吧，他回答。

至少我是這麼認為。

我鬆一口氣，輕輕放鬆緊繃的肩膀。

唯獨夢境執拗地折磨我到最後一刻。

我反覆以各種不同的形式死去，每一次都再張眼醒來，獲得新生。

這些夢境也許是損壞的細胞所發出的最後呢喃。

就這樣，我不斷死去，不斷重生，一點一點地重新變作另一個人。

29

日期更迭之際，我感覺到有什麼事物結束了。

越來越高漲的感覺消失，相對地平緩的高原狀態到來。儘管全身依舊熾熱，但只像是較快的空轉，一點也不覺得不快。

他立即發覺我的變化。

「妳好像跨越了呢。」他說。

「嗯，好像是……」

「妳很努力。」

「謝謝你……」

我還沒有真實感。我已告別了有著時間限制的人生，人生的盡頭變作了遙遠未來的模糊約定。

真的嗎？可是——

「好像有什麼事情改變了，這種感覺非常強烈。」

「嗯，那確認看看吧。」

「怎麼確認？」

「去照鏡子，就能看見嶄新的自己喔。」

我半信半疑地看向他，他臉上帶著信誓旦旦的笑容。我以眼神反問，他便催促地朝我點了好幾次頭。

我將毛毯拉到一旁，輕手輕腳離開他身邊，冷空氣倏然灌進兩人之間。四下幾乎暗得看不見東西，但我還是可以想像出房間的模樣。

我坐在床緣，試著將腳放在冰冷的地板上。確切的觸感，原先還含糊不明的現實，彷彿突然間凝聚在一起。我慢慢轉動腦袋，確認會不會頭暈。精神還很恍惚，但不至於無法動彈。

我在腳上使力，靜靜地站直身子。有種踏著的地方，地板都往下凹陷的奇妙感覺。身體往上浮起，體重像是變成了只剩一半。

怎麼樣？他問。

身體好輕，我回答。

「簡直像是沒有了重力。」

「是以前身體的感覺還留著，讓妳產生了這種錯覺，很快就會習慣的。」

「是嗎？」

「帶蠟燭去比較好喔。」他說。

旋即響起劃火柴的聲音，周遭變得明亮。他點燃了蠟燭後，吹熄火柴，硫磺臭味與蠟的甜香瀰漫四周。

我朝他伸長手，接下陶製的燭台。

謝謝你，我對他說。他靜默不語，只是點了點頭。

走廊冷得有如冰窖，赤裸的雙腳感到寒冷。但是，可能是還留有熱度，走廊上的冷空氣讓我覺得很舒暢。

走到盡頭的我打開浴室門扉，再直接走向洗臉台，腳底感覺到了磁磚表面的細微凹凸不平。

我將燭台放在洗臉台上，後退一步好讓燭光照到全身。

鏡中是一名年輕女性。

確實是我，但看起來也像是截然不同的另一個人。

濕透的身體就像塗上了瓷釉般充滿光澤。

我把手放在自己的脖子上，再輕輕滑動，觸感如漆器般光滑，鎖骨的略下方處浮現了誇大般的隆起曲線，這幅陌生的光景讓我不知所措。我從胸部解下濕答答的披肩，往旁扭過身軀，確認自己全新的模樣，隆起程度明顯增加。怎麼會發生這種事？是小小的化學變化一再發生後，促使了晚熟的我急速成長嗎？

我重新端詳鏡中自己的臉龐。

回望向我的堅定目光，那不熟悉的視線讓我幾乎要畏縮。太過強悍，簡直就像統治黑暗的女王。

我摸向濕漉漉的頭髮，確認量感。不僅變長了，髮量好像也增加了。

我略微將脖子往前傾，更加仔細地觀察自己的臉部。肌膚的紋理、嘴唇的色澤，還有瞳孔的光輝，看起來都與從前的我大相逕庭。

他為何會露出信誓旦旦的笑容，還說「照鏡子妳就知道了」。

所謂的重生，其真正的意涵。

鏡中的我驚人得魅力四射，充滿朝氣，散發著某種狂野氣味，甚至有些妖媚。感覺真不可思議，分明是同一張臉，卻是予人不同感覺的嶄新的我。

「怎麼樣？」他的聲音從背後傳來。我反射性地用右臂遮住胸部，再不疾不徐地轉身回頭。

他看起來很疲倦。手放在牆上，懶洋洋地支撐著自己歪向一邊的身體。
「真不像是我。」我說：「臉看起來就像另一個人，身體的曲線也是。」
「這是妳原本該有的正確姿態喔，是疾病將其扭曲了。」
「這是我——」我說，交互看向鏡中的自己和他。「真正的樣子嗎？」
「嗯，可以說一切都回到了該有的位置上吧。」
我不由自主綻開笑容，感到非常驕傲，想讓他再多看看自己。是他給予了我這副軀體，因為我是他的作品。
我再度面向鏡子，在意著站在後頭的他，同時拿起披肩，動作有些粗魯地纏起胸部。說不定他能透過鏡子看見乳房，但我也覺得無所謂。
拿起燭台，我對他說：
「回床上去吧。」

30

他說，最後的過程是降溫。

慢慢花時間讓熱度冷卻。

我們較於之前隔開了一點距離互相擁抱，手臂和胸口雖碰在一起，但雙腳不再交疊。

謝謝你，我再次向他道謝。

「雖然不管怎麼道謝都不夠……」

「沒關係。」他說：「我只是做了自己想做的事情而已。」

「可是——」

「我不過是助了妳一臂之力，妳體內原本就有治癒的力量。忍受著連心臟也停止跳動的痛苦的人，不是我，而是妳吧？」

「嗯……」

「所以妳一點也不需要對我感恩戴德。」

但如果——他很快接著又說：

「妳真的想表達謝意的話，就不要浪費這條生命，努力讓自己過得幸福吧。這是我唯一的希望。」

他的態度有些疏遠，語氣像在暗暗宣告我們的未來絕對不會有交集。

我湧起質問他的衝動，但仍是什麼也說不出口，只能默默點頭。

我害怕知道真相。一切結束之後，他將會永遠離開，我有這種強烈的預感。

他總是以矛盾的言行舉止教我不知所措。

他說過愛，但是，那也許是我自作多情。即使像這樣抱在一起，我也覺得他很遙遠。不論他對我說了多麼溫柔的話語，這種感覺也沒有變。

我總是忍不住想像，如果他想要我的話。他一味付出，不求任何回報，這點讓我很痛苦。

他不渴求也不執著，始終用冷靜的雙眼看著我。

他給予的生命，只要是為了他，這樣的想法是錯誤的嗎？

31

天亮之後，我們輪流洗澡。

「不會有熱水喔，妳能接受嗎？」他問。

「應該沒問題吧，現在的我感覺非常耐冷。」

話雖這麼說，水真的冰得幾乎讓身體凍僵。

我用留在洗臉台上的小肥皂洗去全身的汗水。明明這三天來除了喝水外，沒有吃進任何東西，我的身體看起來卻不可置信的豐滿。不單是胸部，腰部和大腿也充滿彈性，緊實的程度教人瞠目結舌。

我邊吐著顫抖的呼息，邊洗下黏附在肌膚上的薄膜。這就像是蟲蛹羽化嗎？我心想著。脫胎換骨的最後一道儀式。

關了水，跨出浴缸，我用毛巾擦拭身體。

洗臉台上放著他為我準備的連身裙，他說是從沒有搬走的行李中找到的。

我用毛巾包住頭髮，拿起連身裙攤了開來。冬天穿來雖然很薄，但還是比睡衣好得多。顏色為葡萄酒紅，對我來說長度可能有點短。

我由下往上套住身體，大腿露出了一大截。再讓手臂套進衣袖，將背後的拉鍊往上拉到一半。胸部好緊，我忍不住笑了出來。至今我幾乎無法理解會有這方面的不便，豐滿並非全然沒有壞處。

我相當不適應沒穿內衣就直接穿連身裙，但這或許也是一種經驗，我便決定豁出去。

回到客廳，有木柴燃燒的味道。

「好溫暖……」

我忍不住脫口說。

「過來這邊吧，最好把頭髮烘乾。」

「謝謝你。」

他看見我穿著連身裙，顯得有些無措，沒有正眼看我。思及先前兩人還互相呈現出幾近全裸的姿態，我感到有些想笑。

「這是你妹妹的衣服嗎？」

「嗯，應該吧。」

「對我來說好像有點小。」

「看來是呢。」

我往他備妥的老舊木製椅子坐下，解開包住頭髮的毛巾，往前大幅彎腰，讓頭部靠近火爐。從耐火的玻璃小窗，可以看見橘紅色的火焰激烈跳動著。

含有水分的頭髮很重，這也是變得豐盈的代價之一。

他坐在我的對面，確認柴火的燃燒情況。身上已穿著衣服，變回英姿颯爽的模樣。兩人互相擁抱的那段時間已經變成了過去，現實就像讓人醒酒的風一般吹過房間。

「妳吃得下東西嗎？」他問道。短暫的一瞬間，視線從火焰移動到我身上，但又馬上拉回去。

「嗯，我覺得肚子好餓。」我回答。

「那很好，妳等我一下。」

他從椅上起身，走到房間外頭。

一個人留在原地的我，將臉龐湊向火爐，靜靜地豎耳傾聽火焰的聲響。聽來就像不會結束的嘆息，當中又不時參雜著木柴的爆裂聲。我將手指伸進半乾的頭髮，慢條斯理地往下梳。

今後我們會怎麼樣呢？始料未及地得到的嶄新人生。我想為了他活下去。成為他的喜悅，想在他身旁看著他的笑容。

但是，如果他並不如此期望——我會像是有人鬧著玩地灌注了靈魂的人偶般，迷失活下去的意義。明明這頭黑髮與乳白色的肌膚，都是為了他存在。

聽到開門聲，我抬起頭，便見他拿著盤子走進房內。

「妳想吃水果吧？」

「嗯，謝謝你。」

我們面對面地在桌旁坐下，好一會兒安靜地專心吃東西。

睽違數週的進食。儘管我很擔心，舌頭和喉嚨卻毫無窒礙地將吃下的東西送到胃部。胃部也欣然接受，然後要求更多。

盤子上的桃子很快一掃而空。

他將自己盤子上的鮪魚和沙丁魚分給我。

「不好意思，還吃了榊同學的份。」

「沒關係。」他說：「而且我沒什麼食欲。」

「是嗎？你沒事吧？」

「嗯，我沒事。原本我這人就吃不多。」

「你很瘦嘛。」

「對啊。我老是覺得奇怪，到底要怎麼做才能長肉。」

聞言，我笑了起來，但悄悄觀察他的臉色。他雖然很努力不顯現出來，但似乎消耗了很多體力。他特有的敏捷動作消失，也或許是心理作用，眼裡的光芒變得黯淡。

他將我從死亡邊緣拉了回來，這件事絕不簡單。我獲得了多少，他就失去了多少。

對不起，我向他道歉。

嗯？他抬頭看向我。

「對不起什麼？」

「不。」我搖搖頭。「沒什麼。」

吃完飯後，我們準備出發。我穿上毛呢大衣，摺起來時穿著的睡衣，放進塑膠袋裡，再塞進大衣底下的肚子前方。我穿得鼓鼓的，看來也像是太年幼就懷孕而手足無措的年輕戀人。

他不知從何處為我找來了鞋子，是帆船鞋，尺寸有些偏小，但穿了一陣子後，腳也就習慣了。

他檢查完所有房間，便催促我說：「那走吧。」

我依依不捨地望著臥室，想將自己重生的地方留在記憶裡。

覆住窗戶的床單，公主的睡榻，床頭邊的翻頁式時鐘，陶製燭台——

全部都已成為過去。

「嗯。」我對他應道。「走吧。」

兩人走到別墅外，柔和的陽光灑在身上。

我們緩緩走下樓梯。

冷風吹起髮絲。

整個世界看來都不一樣了。

他留在我體內的事物實在太過巨大，我無法想像沒有他的人生。

我想待在你的身邊。這句話我始終說不出口，只是定睛凝視著他走在前頭的優美背影。

第三部

32

在可以看見療養院廢屋時，他停下腳步。

怎麼了？我問，他便將食指壓在唇上制止我說話。

他表情非常認真地窺探四周的氣息，不久似乎察覺到了某些事。

他比著手勢要我留在原地，指向其中一間廢屋。我點點頭，僅動著嘴唇對他說「小心」。

他不發出聲響地悄悄接近廢屋。周遭靜得教人驚奇，我彷彿可以聽見自己跳得極快的心跳聲。

他從廢屋崩塌的牆壁縫隙間鑽進裡頭。我四處張望，想找到教人不安的黑影。他在擔心什麼？現在連鳥兒們也靜寂無聲。

不出多久，他從廢屋後頭出現，踩著不疾不徐的步伐走回我身邊。

然後朝我的耳邊湊近嘴巴，低聲說：

「有野狗被殺了，我們最好回去。」

聽見這意想不到的消息，我的心臟緊緊縮起。

「怎麼回事？」我壓低音量問他。

「我們被監視了。」

「被誰？」

「大概就是那群探員，他們在等援軍趕到。」

他抓起我的手，快步折回來時的道路。

「抱歉。」他說：「把妳捲進這種事情。」

「不，沒關係。」

「但不管發生什麼事，我絕對會讓妳平安回家。」

聽到這句話，我才驚覺這個麻煩比想像中要嚴重。

「他們要做什麼？」

「把我抓走。」

「抓去哪裡？」

「嗯，我也不曉得他們要帶我去哪裡。」
「但他們是歷史悠久的正派企業吧？」
「當然，但不代表一定就是紳士。」
「那你會怎麼樣？」
「這我也不曉得，不過，被抓走的同伴沒有半個人回來過。」
「怎麼這樣——」
「我們隨時隨地都在逃跑。幸好，他們還沒有正式在這個國家展開行動。因為預算很少，探員的人數也不多。但是，總有一天——」
「就不能和平一點互相讓步嗎？像是彼此互助合作。」
「可以這樣的話當然最好——」
他露出苦澀的微笑。
「但我們非常特殊，遠遠超出妳的想像，所以很難套用一般的常識。一旦知道我們的存在，大家都會變得反常。」
我凝視他的側臉，試圖感受他擁有的苦惱。
與眾不同是多麼沉重的枷鎖呢？我所不知道的秘密。我心想著，要是他願意向我坦誠就好了。我想和他一起感受痛苦，想支持他。
回到別墅，他沒有走進屋裡，而是繞到建築物後方。
「我們要去湖邊，妳小心腳下。」
湖畔的道路覆滿雜草，幾乎看不出那裡原來是路，而且泥濘不堪。他的步伐很快。我小跑步地跟在後頭，以免和他走散。
鬱鬱蔥蔥的群木在湖面落下深邃的影子。水很清澈，倒映著森林與天空，靜靜拍打著漣漪。
「我打算穿過森林，走到蓄水池後頭。」
他說。
「但這條路很不好走。」
「是你平常奔跑的路線吧？」
「嗯，我們就在那裡分道揚鑣吧，我想這樣比較好。」
我不自覺停下腳步，他沒有察覺，繼續往前走。
突然間降臨的離別時刻。
他的話語就像有人丟來了石子般打在我身上。

我再次邁開腳步。

離別的瞬間已迫在眉睫，我不想與他分開，就此道別的話，我有預感再也見不到他，他將會消失。

淚水湧上眼眶。

我撥開樹枝、踏過野草，同時壓抑著聲音哭泣。無論怎麼忍耐，眼淚都止不住地落下，嗚咽聲隨著急促的呼吸逸出雙唇。

他停住腳步，轉身看向我。在他沒有表情的臉龐上，唯獨顫抖的嘴唇透露了他的內心情感。

「不可以哭。」他說，聲音就如尖銳的刀刃。

對不起，我對他說。對不起。

他咬著嘴唇，緊緊閉上雙眼。像要放開什麼般大口吐氣，緩緩張開眼皮。

「拜託妳。」他又說：「別哭了——」

他的表情扭曲，肩膀痛苦地顫抖著。腦袋一片混亂的我沒能捕捉到其中的涵義，只是聽話地強忍淚水，努力不再為他增添困擾。

「對不起。」我又一次道歉，用指腹抹了抹臉頰，嚥下流進喉嚨的眼淚。

「我已經沒事了……」

他用非常僵硬的動作朝我的臉頰伸出手，但終究沒有碰觸到，就又收回自己的指尖。

走吧，他說。是我目前為止從未聽過的苦悶音色。

他再度踏步前進。

我用兩手擦去眼角與臉頰的淚水，很快跟上他。

33

他在蓄水池前頭停下腳步。

然後抬手示意我停住，略微將脖子往前伸，察看前方。

「不行。」他開口說：「是他們。」

我完全看不見。

「真的嗎？」

「嗯，他們搶先繞過來了。看來是預測到了我們的行動。」

往這邊。他拉起我的手，再次走進森林。

「怎麼辦？」

「我也不知道。」他回答。「邊走邊想吧。」

走了一會兒，兩人來到許久以前採石場卡車行經的碎石路。我們沒有走到山腳下，而是走向半山腰。他在意著後方情況，頻頻回頭。細狹又蜿蜒的小路很難一眼望穿，就算有人在追我們，不相當靠近的話，大概也看不見。

不消多久，我們抵達了採石場舊址。

「我們在那裡休息一下吧。」他指著已成廢墟的工廠說。

不單是我，他看起來也非常疲倦。

我們走向建於斜坡上的磚造廢棄工廠，大半窗戶的玻璃都已碎裂，鐵皮屋頂紅鏽斑斑，到處都有脫落。

走進工廠，裡頭積滿了一整片的白色石灰，木製樓梯通往上層。

我們走上吱呀作響的樓梯，找到一處可以俯瞰碎石路、類似樓梯間的地方後，決定在那裡休息。

我在滿是石灰的地板坐下。灰塵飄起，乾燥的氣味灌進鼻腔。

他靠著牆壁，表情嚴峻地凝神注視窗外。

到頭來，我只是累贅。我邊心想，邊望著他帶有疲態的側臉。只有他一個人的話，肯定早就逃走了。

他說過「分開比較好」。那大概是最好的選擇。

「是他們。」他說。

我悄悄抬起頭，從殘破的窗戶低頭看向我們剛走上來的碎石路。在遙遠下方，可以看見兩個穿著黑色大衣的小小人影。

這是威脅感有了實體的一瞬間，我感到背上的寒毛全部豎起，時間所剩不多了。

「欸。」我呼喚他。

他依然緊盯著窗外，低聲凌厲反問：「什麼事？」

「那些人的目的是榊同學吧？」

「對。」

「那和你分開的話，那些人不會再來追我吧？」

他注視著我，沉思半晌後，回答「應該吧」。

「他們有他們自己的規則，我們的關係也還沒有那麼深，所以——」

他似乎也不確定，但是，已經沒有時間猶豫了。

「我要留在這裡，而且我也已經走不動了。」

他應該也明白我在說謊，但是他什麼也沒有說，聽著我說話。

「榊同學一個人逃走吧。」

他思忖了好一會兒。

我不知道是什麼讓他裹足不前。但是，如果那些理由當中有一絲絲是因為愛的話，我的決心便有了回報。

見他點頭，我又說：

「但是，你要答應我一件事。」

「什麼事？」

「嗯，如果你成功逃跑了的話，我之後想再見你一面，我想確認你是否平安無事。」

不給他思考的時間，我緊接著又說：

「今晚在翅膀缺了一角的天使像那邊。」

他定睛凝視我，然後輕聲回道「我知道了」。

「那就之後見了。」

樓下傳來人聲，他迅速環顧四周，目光停留在牆壁上裂開的大洞，對我說：

「妳躲進那裡面吧。」

我立即付諸行動。先將腳伸進灰泥塌毀後形成的大洞，在裡頭彎腰蹲低，牆壁之間形成的空隙正好只夠我一個人躲進去。

「妳可以嗎？」他問。

「嗯，沒問題。」

樓下再度傳來聲響。

「快走。」我催促他。「他們追上來了。」

「我知道。」他說。

我就像躲在巢穴裡的小野獸，用怯生生的目光仰頭看他，他也望著我，眼神強烈得教人心痛，我感覺到自己的胸口猛烈起伏顫抖。

「那再見了……」他說，轉身背對我。

在他從視野裡消失的那一瞬間，我朝他的背影喊道：「小心喔。」但是，我不曉得他是否聽見了。我邊側耳聽著遠去的腳步聲，邊祈禱他能平安無事。

我交互移動雙腳，像蝦子般往後退。這樣一來，從外面應該看不見我。我坐在積滿灰塵的地板上，抱住膝蓋，更是縮起身體。

不久，走上樓梯的腳步聲逼近。是兩個高大男子，穿著鞋跟硬實的皮鞋。他們沒有在樓梯間停下，直接往上狂奔。

等了一會兒後，極遠上方傳來了大叫聲。下一秒是玻璃的破裂聲，男子們的怒吼響徹雲霄。

他可能破窗跳樓逃走了吧，一思及此，我感到非常不安，因為那太高了。

不一會兒，我又聽見男子們跑下來。我縮成小小一團，屏氣凝神。他們暫時在樓梯間停下腳步，在原地逗留了片刻，上氣不接下氣地簡短交談，那是我不曾聽過的異國語言，他們一定正探出窗戶尋找他的身影。

有香菸和男用香水的味道，從語氣聽得出他們很焦急生氣。這應該是個好現象，我暗想道。他一定能成功逃跑。

時間感覺很漫長，但實際上可能還不到一分鐘吧。他們離開了。

儘管如此，我還是繼續蹲在牆壁之間的縫隙，安靜地待在原地良久。

緊張一解除，悲傷就冷不防湧上心頭，眼淚奪眶而出。我將額頭貼在自己的膝蓋上，壓抑著聲音哭泣。

我至今從來不覺得沒有人在自己身邊，是如此難過的一件事。一想到如果他今晚沒有出現，胸口就幾乎要被壓碎。

好想見他。現在的我滿腦子只有這個念頭。

34

為了慎重起見，我等到太陽下山才回家。雖不曉得那些人調查到了哪種地步，但小心一點總沒錯。

我用自治會館的公共電話打了電話回家，已向外婆報備過我平安無事。外婆的個性向來處變不驚，絲毫沒有驚慌失措，聆聽我的說明（大半以上都是編造）。

「雖然我一頭霧水，」外婆說：「總之妳已經完全恢復健康了嗎？」

「嗯，對啊。」我回答。「現在的話，我還能揹著外公一路跑到車站前的圍棋會館喔。」

懷疑的沉默持續了好一會後，外婆終於說：「嗯，算啦。總之妳得向醫生道歉，然後重新接受檢查才行，畢竟我們這兒可是鬧得不可開交。」

「嗯，我知道。」我說：「我會好好向醫生道歉。」

「早點回來吧。」最後這麼說完，外婆率先掛了電話。

要是直接見面，外婆不會再讓我到處亂跑吧，我的自我還沒有強韌到可以甩開外婆的手。

所以，我決定偷偷溜進家裡。

幸好我的房間在二樓，而且窗戶一次也沒有鎖上。我沒走馬路，從後頭的梅田進入庭院，躡手躡腳地走到柿子樹下。我從小到大一直仰頭看著這棵柿子樹，從來沒有爬上去過，也不認為自己辦得到。

我抓住手邊的樹枝，再抬腳踩在樹瘤上，一鼓作氣提起自己的身體。比想像中還要輕盈。照這樣下去，我說不定還能爬到樹頂。

爬到二樓的高度後，我讓身體傾向樹枝尖端，伸長手將自己房間的窗戶往旁拉開，發出了「喀啦喀啦」清脆的聲響。我讓一隻腳踩在窗戶的扶手上，緊接著一骨碌移動重心，跳進自己的房間。我已經盡可能不發出聲響，但這趟回家之旅仍然相當驚心動魄。

我悄悄脫下鞋子，觀察樓下的動靜。電視聲依稀傳來。我等了一會兒，確認一樓沒有任何動作後，才躡著腳走向衣櫃。

其實我很想洗個澡，但這是痴人說夢。光是可以替換內衣褲，感覺就暢快多了。為了方便行動，衣服我選了牛仔褲和高領毛衣，外頭再罩上黑色合成皮外套。

我照著鏡子端詳臉龐，決定不施脂粉。既不知道該怎麼畫眉毛才適合新的臉孔，況且以我的基準來看，現在這張臉本身就很有魅力了。我現在還很難意識到這就是自己的臉，用看著另一個人的目光打量自己。我喜歡這張臉。人也許會在無意識之間，尋求自己原本該有的姿態。

我將放在桌子抽屜裡的頂樓庭園鑰匙塞進牛仔褲口袋，再次穿上鞋子後，從窗戶離開房間。跳上柿子樹的樹枝，抓住手邊的樹梢。

感覺真不可思議。我彷彿早在很久以前就知道所有步驟，無拘無束地展開行動。明明以前是個連跑步也蹣跚不穩的人。

往下爬到一定程度，最後我在相當高的高度縱身一跳。無聲無息地著地後，我如彈起的球般站起身，再如貓般敏捷地離開庭院。

擔心被探員發現，我沒有走在設有路燈的街道，而在森林裡的羊腸小徑上奔跑。我很累，肚子也很餓，但依舊充滿活力，大腦前所未有的清醒。

我逐漸習慣自己的身體。

腳尖踢向泥土時的暢快感，飛越橫倒樹木時的懸空感。我想，這一定就是他感受到的喜悅，也就是自由地操控自己的肉體。就真正的意義而言，是自己的主宰。得到了與重力牴觸的魔法，有朝一日將與大地永遠訣別。

如果能和他一起奔跑，心情會有多麼舒暢啊。兩頭美麗的年輕羚羊奔過夜晚的原野，我對那幅想像畫面產生了目眩般的亢奮。

跑出森林，我避開街燈的光芒，奔跑在山間或渠道旁的小路，學校不遠了。

從前的我因為五感太過敏銳，一直非常痛苦，資訊的波動就像粗糙的銼刀般刺激著我的神經。通常事後我都會發高燒，躺臥在床上。

但現在的我，不論是遠方山際的夜鷹啼叫聲，還是風吹來的隱隱約約清水氣味，都覺得非常宜人。這對我來說是非常重要的轉變，我獲得了定向性。變得小心謹慎，能夠區分出必要的資訊與背景的雜音。打個比方的話，我得到了能夠迎戰這個混沌世界的盾牌。

我已不再像從前那樣無能為力。

抵達學校後，我沒有停下腳步，直奔往校舍，一鼓作氣衝上外側樓梯。如果是從前的我，也許會有一瞬間的遲疑。無法打消負面的想像，想要逃避現實。但是，現在我只想著往前進。我想見他，因為是這個念頭讓我一路來到了這裡。

焦急的心情讓我的手指動作變得笨拙，我沒能順利將鑰匙插進鑰匙孔，失敗了好幾次後，終於成功。我打開門鎖，推開鐵柵門，溜進夜晚的花園。

35

造訪闊別已久的頂樓庭園，比起懷念，更帶著奇妙的新鮮感迎接我的到來。我正以嶄新的雙眼和耳朵感受這世界，這大概就是為什麼我會有這種愉快的陌生感吧。

夜色很暗，但我一眼就看得出庭園仍受到悉心的照料，雖不曉得是誰接下了我的工作，但那個人肯定也很愛這座花園。一想到這裡，我就很開心。

走到溫室，我利用鑰匙走進裡頭。

蘭花嗆人的香氣竄入鼻腔，還有芭蕉葉子的清爽香味。

我輕聲呼喚他的名字。

「榊同學？」

我豎起耳朵等候回應，但等了老半天，都沒有聽見他的聲音，循環著人造池水的幫浦發出了嘆息般的聲音。

我忽然回想起來，舉目往上望，看見一扇天窗微微敞開。

他來了。光是想到這件事，胸口就掠過熾熱的痛楚。我迅速環顧四周，在群木的陰影中尋找他的蹤影。

我再次試著呼叫他的名字。但是，還是沒有回應。我壓下著急的心情，更是走進溫室深處。

來到聖天使像前方，我停下腳步。約好見面的地點。

我朝著黑暗，悄聲呼喚。

「榊同學？」

然後又叫了一次。

「榊同學？你在這裡嗎？」

於是從近得出奇的地方傳來聲音。

我轉頭一看，發現他隱身在蕨類植物裡，橫躺在地。我衝向他，握住他的手。

「榊同學？」

他輕睜開眼，仰首看我。

「芳川同學……」

「你沒事吧？哪裡不舒服嗎？」

「腳。」他說：「說不定骨折了……」

「你是從樓上跳下去嗎？」

他痛苦地點一點頭。

「你太亂來了，從那麼高的地方。」

「大概破了新紀錄吧，真的滿痛的……」

接著他又說：「我口好渴，想喝水。」
「站得起來嗎？」
「勉強可以。」他說。
我伸手協助他起身後，從腋下攙扶著他，走到漂浮著睡蓮的人造水池旁。他的身體如火焰般燒燙，肌膚也乾燥得像是快燃燒起來的羊皮紙。
我讓他坐在草皮上，再轉開水池邊的水龍頭，雙手捧成碗狀汲水。他用手肘撐起上半身，等待著我。我輕輕將水送到他的嘴邊，他一口氣喝光，對我說「我還要」。同樣的動作我重複了五次。
總算止渴後，他上半身往後倒向草皮，再讓雙腳浸入水池。
「好熱。」他說。溫室因為白天的餘熱相當溫暖，但他指的並不是氣溫。我知道他口中所謂的熱，那是從內部燃燒自身的生命火焰。
我打開水龍頭，把手沾濕，然後輕放在他的額頭上。感覺像是摸著盛夏時期的柏油路面，讓人喊痛的熱度。
「我該怎麼做才好？」我問他。
「先保持這樣一陣子。」他說：「他們已經走了。我給了他們假消息，現在他們一定正在錯誤的地點找我吧……」

「這樣啊。」我答腔。「那太好了……」

「那是什麼？」他扭頭看向水池中央問道。

「那是加濕裝置，每隔幾分鐘會噴出霧氣。」

「我想去那邊。」他表示。

設有裝置的小島是每邊約一百五十公分長的正方形，幾乎與水面同高，可見的部分全鋪著尼羅藍色的小磁磚。正中央有噴霧出口，上頭擺了好幾個大型的海芋盆栽以遮掩。

「嗯，好。」我一口答應。「我們走吧。」

我脫下帆船鞋和襪子，踏進水裡。水深約六十公分高，池水沒有想像中冷。濡濕的牛仔褲緊貼在大腿上，我攙扶著同樣脫了鞋子走進水池的他的肩膀，走向小島。

我們邊撥開纏繞在一起的蓮葉邊往前進。

「你還好嗎？」我問道。

「嗯，我沒事。」

「聽起來不像呢。」

他虛弱地笑了起來。

「是我害的嗎？」我問。「妳指什麼？」他反問我。

「我總覺得是因為你治好了我的病，損耗掉了你體內的某種東西。」

他搖了搖頭。

「妳想太多了，我只是有點累了……」

「那就好——」

走到小島後，我背對著盆栽坐在磁磚上，再讓他靠在我身上。我讓他的頭倚在自己胸口，輕柔地梳起他的頭髮，兩人的大腿以下還浸在水中。

「這樣子可以嗎？」我問。

「嗯，這樣就好了，很舒服。」他回答。然後又說了：「我喜歡這裡，有水和霧，而且這裡只有植物們……」

「是啊。」

某處傳來了「喀嚓」一聲開關啟動的聲音，噴出口噴起了霧。海芋的葉子左搖右晃，我的臉頰感受到了微風。

霧宛如白色火焰般颳起漩渦，將冰涼的水花灑在我們身上。

「不冷嗎？」他問我。

「不會。我不再像以前那樣虛弱了。」

「嗯。」他應道。「真的是太好了……」

「謝謝你……」

不過——我又接著說：

「都是因為這個關係，才害你遇到了危險——」

「絕沒有這回事。」他反駁。「不管我人在哪裡，隨時都伴隨著危險。這就是我們的日常生活。」

但就算是這樣，我仍然心想，如果是原本的他，絕不會被追趕到變得如此憔悴。那場治療不光是我，對他來說也非常危險。他說過「就算要賭上這條命」這句話，當時的我並沒有聽懂其中真正的涵義。

他為我做的一切——

只要是為了保護他，要我做任何事都在所不惜。

36

霧在水面上飄盪，在夜燈的微弱燈光下，如白色細帶浮現而出。簡直就像生物一樣，我心想著。潛入人的夢裡，僅在新月之夜渴求著水而徘徊來到現世。

他將手伸進冰涼的水流，靜靜品嘗那份觸感。

「第一眼見到妳的時候，」他開口說：「我馬上就知道了……」

「知道什麼？」

「我們將成為彼此特別的存在。」

他的語氣非常輕描淡寫，但我卻產生劇烈的反應。一想到自己的心臟與他的脖子隔著極短的距離，我就脹紅了臉頰。

「妳和別人一點也不像……」

「是嗎？」

「嗯。」他點頭。「太過與眾不同，徹底地孤立於人群。」

「嗯，對啊。我總是自己一個人……」

我知道自己的聲音有些顫抖。

「妳看到我，還露出了不安的表情呢。」
「因為我看到你，也有同樣的感覺……」
「嗯。」
「和別人一點也不像，不可思議的人——」
「我們是血緣關係很遠的兄妹。」
他說。
「連外表也很相似，因為肉體會直接反映出內心。」
「是嗎？」
「對。高角羚和瞪羚會長得很像，是因為牠們都是兇猛野獸獵食的對象。外形是有理由的。」
「我們也是？」
「大概吧——」
他說到這裡打住，微微咳嗽，身體現在仍然燙得像在燃燒。
「沒事吧？」我問他。「要怎麼做你才會好一點？」
他倦怠地搖搖頭。

「沒關係，這樣就好了……」

「可是——」

他將自己的手疊在我的手上，說「真的沒事」。

「我們稍微聊聊天吧……」

他好一段時間都沉默地凝視著霧，在急促反覆的呼吸之間，時而夾雜著全休止符般又深又長的吐息、乾啞的喘氣，與熾熱的呼息。

終於他用舌頭舔濕嘴唇，再次開始說話：

「我也一直注視著妳喔。」

聽見這句出人意表的話，我大吃一驚。

「是嗎？」

「嗯，我的目光總是追逐著妳。」

「我完全不知道——」

「我這方面隱藏得很好。」

兩個人一起輕聲笑了，水面上的波紋無聲地往外擴散。

「這種事還是第一次。」他說：「感覺非常奇妙。」

「嗯……」

「我已經習慣孤獨了，也認為獨來獨往是理所當然，不曾覺得這樣的生活少了什麼。」

可是——他說道，靜靜搖了搖頭。

「其實並不是這樣……」

「那麼，」我忍不住開口。「為什麼——」

他一瞬間若有所思似的屏住呼吸，接著低聲說道：

「這是我們的規定，不能和他人深入來往。」

聽見他的這句固定回答，我油然升起難以言喻的無力感。

「你們為什麼會這麼斷定呢？」

我如此發問，但他一句話也沒有說，安靜地望著漂於水面上的霧氣。

我鼓起勇氣問出了一直以來不敢說出口的疑問。

「我們——接下來會怎麼樣？」

「我想，」他回答。「大概不會再見面了吧……」

我早就料到了，但聽見他斬釘截鐵地親口宣告，胸口還是感受到了撕心裂肺般的痛楚。

「這樣子也太——」

「我也一樣。」他像要打斷我般語氣強硬地說：「一樣很痛苦。說不定比妳以為的還要痛苦——」

說完他便陷入沉默，將我留在無處可去的靜寂之中。無論我說什麼，都無法改變他的心意。他太固執了，連理由也不肯告訴我。

一切都是單向通行，如果這是戀愛，鐵定有哪裡搞錯了。

我希望能為他付出，從右手指尖到左手指尖之間的一切全部。就算那是前往世界盡頭的道路，我肯定也會毫不猶豫地跟隨他吧。但是，他拒絕了我。

一味接受付出的戀愛很痛苦，我心底有什麼要滿溢而出。假使真如他所言，我在他心目中是特別的存在，那為什麼我會有如此悽涼又急不可耐的心情呢？

恍然回神，我已流下眼淚。他敏銳地察覺到了，對我說「別哭。」

但是，淚水停不下來。更何況，我也覺得沒有必要再對他百依百順。從以前活到現在，我一直抹殺了所謂的自我。我總是一直在讓步，但我想結束掉這種生活方式了。

「我辦不到。」我對他說：「人難過的時候就會流眼淚啊。」
他左右搖頭。
「就算是這樣，妳也不能哭。」
他的聲線莫名尖銳，冷冽的音色讓我心生不安。
「你怎麼了？」
他不再靠著我，背對著我呻吟似的說道：
「妳該回去了。我沒事。」
「可是——」
「快點！」
他突如其來的翻臉，讓我無措畏縮。
「拜託妳了。」他又說：「妳外婆也很擔心妳，這一切該結束了。」
他的後背在顫抖。
「你是認真的嗎？」
我問，他用力一點頭。
「我是認真的。我已經履行約定了，這次輪到妳遵守規則。」

他看也不看我一眼，用頑固的背影對著我，抱著膝蓋垂下頭。

發覺我動也不動，他便驅趕地揮了下手臂，這個動作看來很無情。

我慢吞吞地起身，讓兩腳踩住池底，擦去臉頰的淚水，不知不覺間霧已經散去。我走了幾步後停下來，回頭看向他。他抱著自己的膝蓋，目不轉睛地凝視水面，可以看出某種激烈的情感正在他心裡來回碰撞。如果那份情感是對我的厭惡，那我想遵照他的期望，從這個世界消失。

為了讓自己離開他，我再次邁開腳步。

我淚流不止，放聲大哭。走到池邊上了岸後，再一次轉身看他。

他依然在原地保持著同樣的姿勢。

「再見……」

我傾注所有的心意如此道別，他卻一句話也沒有說，彷彿沒有聽見我的聲音。他的意識只專注在自己身上。

我邊走向出口邊留下濕答答的足跡，打開門，走出庭園。冷風吹向穿著濕透牛仔褲的大腿，我禁不住打了個哆嗦。

我心裡有什麼事物崩毀了，再也不想移動。反正那個四角形的小島已經完全摧毀了促使我來到這裡的力量。我當場蹲下，劇烈地哽咽著。

流過臉頰的眼淚化作細小水珠，滴落在乾燥的泥土上。

37

我不曉得自己在原地待了多久時間。

我坐在花壇的磚頭上，寒冷的夜風吹拂著臉頰。不論怎麼哭泣，悲傷也全然沒有消退。

他看起來會那般殘酷，是為了粉碎我的希望。每一次都讓我感到混亂，束手無策。對於他說的話，我不曉得該相信哪些，又該懷疑哪些。現在也是，我依舊無法徹底捨棄希望。磨磨蹭蹭地留在他身邊，期待他會回心轉意。

說不定他有雙重人格。一個人格希冀著愛，呼喚了我，將我緊抱在懷裡，另一個人格教條主義式地想為自己定下的規則殉身。嘴上說著從相遇起就一直注視著我，同時卻又非常單方面地疏遠我。

我也看得出他在壓抑自己，一字一句都小心挑選，底下存在的強烈情感卻更加露骨地吶喊著蠻橫的拒絕。我很膽怯，拚命地想找出自己的過失。如果是流淚惹得他不高興，那幾乎所有女生都不符合資格。

用哭腫的雙眼看著我的她——

現在的我似乎與當時的她重疊，但是，我不曉得這代表什麼意思。我無意從這座庭園往下跳，因為我還有其他的盼望。

沒有星星的夜晚，我覺得自己就像在託管所等著父母的走失兒童，非常不安、孤獨。

他先是付出，又將我推開，彷彿拋棄注入了靈魂的人偶般，將我推得遠遠的，讓我孤單一人。至少我想知道理由，他為何如此痛苦？深埋的心結位在何處？最後流的眼淚已快要風乾。我用食指指腹擦了擦眼窩，輕嘆口氣。

這時，溫室中傳來了某種東西破裂的聲響。我驚嚇地抬起頭，緊接著又聽見了野獸的長嚎般，非常哀傷的悲鳴。

我一時間無法立即相信是他的聲音，那聽來一點也不像是人類的聲音。

我站起身——基於以往的習慣，預料到會有暈眩而繃緊了身子，卻什麼也沒有發生——衝向溫室入口。

一打開門，悲鳴變得更是大聲。這聲音讓我非常不安，每跨出一步，就有種生命從腳掌流往地面的奇妙感覺。

走到水池邊，我定睛細看小島。他還在那裡，仰躺在藍色磁磚上，身體往上彎成了弓形。

那幅畫面極度不自然。彷彿有看不見的絲線綁在他的肚臍上，將他吊起，他僅用兩腳腳跟和後腦勺支撐著全身的重量。

「榊同學！」

我大聲呼喊，但他好像完全沒有聽見。我起腳踏進水裡，因為太心急了，途中絆倒了好幾次，抵達他身邊時我已經全身都濕透。

他緊閉著雙眼忍受痛苦，我摸向他的手臂，燙得教人難以置信。

我脫下黑色外套，用自己濕透的身體抱住他的身體。我的肌膚長時間吹著晚風，已冷得像冰塊一樣。

隨即他的悲鳴停止。

沒事的，我在他耳邊輕喃，沒事的。他的脈搏敲向我的胸口，如小鳥振翅般狂亂又急促。

我好幾次試著呼喚他的名字，但他全然沒有反應。

我用力抱緊他，親吻他著火似的額頭。海芋的大盆栽倒向一旁，只見蛭石撒落在藍色磁磚上。我將自己的臉頰貼在他的臉頰上，一旦變得溫熱，又換另一邊臉頰重複相同的動作。

我感覺到懷裡的他慢慢地不再那麼僵硬。我想，我就是冰，是融化凍結火焰的柔軟冰塊。

等到他的背部完全平貼在磁磚上，我便掬起池水潑濕他的頭髮。

像往不斷冒煙的木炭潑水般，我一而再地重複這個動作。

終於時機到來，霧氣靜靜地從地底湧現而出。霧無聲地漂浮彌漫，籠罩住我們兩人。

他張開雙眼看著我，但我知道他的眼中沒有映照出任何事物。他的眼睛發出了異樣的光芒。

「榊同學……」

他有如剛出生的小嬰兒，用不安的眼神注視著世界。像在說這其中出了某些差錯，讓他誕生到了錯誤的星球般，他的臉龐哀傷得用力皺起。

很快地，他察覺到了躺在自己身上的女性。四目相會後，確認信號般的細微表情變化在他臉上擴散。

他動作有些含蓄地環抱住我的背。

我雖然猶豫無措，還是回應了他。我們緊緊抱住彼此，成了搓在一起的一條繩索，這觸感真讓人懷念。我甚至心想，這也許才是我們原本該有的姿態。

他就像嬰兒索乳般吸吮我臉頰上柔軟的肉，並在耳邊細聲喃喃說了一些話，但我沒能聽懂是什麼意思。

這時，我感覺到奇妙的預兆從身體外側逼近自己。

發狂的預感。

那預感如水蛭般攀住肌膚，便滑溜地鑽進我的體內。

無預警地，大腦深處湧現麻痺般的強烈感受，我忍不住發出呻吟。

我完全不明白發生了什麼事。嘴裡溢滿唾液，大腿內側的肌肉突然間變得僵硬。我感覺到帶有熱意的顫抖在下腹部蔓延。全身的皮膚變得如黏膜般敏感，每一個細微的小動作都帶給我至今從未感受過的刺激興奮。

不可思議的是，我同時也感受到了深沉的悲哀。惆悵得彷彿被人撕裂身心，無助得像是赤裸著全身被人丟在荒野。

猛然來襲的混亂讓我擔心自己是否喪失了神智，感到非常不安。

無數情感遭到釋放。

所有的情緒都被放大，我覺得自己的心靈遠遠超越了肉體，彷彿要膨脹到無限大。淚水毫無前兆地突然滾出眼眶。由於發生得太快，眼角甚至隱隱生疼。眼淚滑下我的臉頰，濡濕他的嘴唇。

他閉著雙眼，將自己的唇印在我的唇上。

他就像蜂鳥啄著花朵，親吻我的嘴唇和臉頰。像在尋找沉眠於地底的水脈，熱燙的嘴唇在我的臉上游移。

我茫然沒有頭緒地殷切期盼著，接下來一定還有什麼。現下我的心願，就只是抵達那個地方。

隨即他的嘴唇觸碰到我的眼皮，我感覺到他火熱的舌頭掬起堆積在眼角的淚水。

那一瞬間，白色閃光竄上我的背脊。

我劇烈地往後仰身，倒抽口氣。

剎那間意識飄遠，劃出了微彎的弧度後，再次回到我的身上。

我感覺到自己抵達了某個地方，那裡正是我期望的頂點。身體內側，不知名的肌肉正反覆著歡喜的痙攣。

淚水源源不絕湧出，他的嘴唇沿著我的鼻梁滑下，接著再度親吻我被淚水沾濕後帶有鹹味的雙唇。

我感覺他的身體脈搏很快，我們完全同步，合而為一，一起感受著某樣事物。

這世上竟會有這樣的喜悅，我打從心底感到詫異，也似發狂的興奮，同時伴隨著些許的心虛與內疚。

不久之後，興奮如退潮般散去，只留下難以言表的悲傷。再過一段時間，我可能會希望他再做一次同樣的事，也隱約有這種欲望的跡象。但是，現在我的心情非常沉重。

強烈的失落感、失望的前兆、沒來由地非常哀傷，彷彿有人奪走了我的呼吸。

唯有他是我的希望。

他不再像有邪物附身，變回了安詳的表情。閉著雙眼，靜靜呼吸。

我摸向他的額頭，熱度已下降不少。我將手伸進池水裡，再用手指擦拭他的額頭，愛憐得心都痛了。如果兩人能一直這樣子抱著彼此，迎接世界末日的話，那該有多好啊。

誕生到錯誤星球上的人，也許不是他，而是我吧。忘了壓抑私欲的人們，獨善與嚴苛。在這種教人喘不過氣的世界活下去，究竟有什麼意義呢？如果今後無法和他一起生活，倒不如乾脆在這裡——

我發覺自己變得非常多愁善感，大吃一驚。我怎麼會有這種想法？竟然想和他一起死掉。

情緒變得非常不穩，自己好像不再是自己了。

這也是他造成的嗎？他擁有的極其特殊能力。

不知從何而來，悄然鑽進我體內的不可思議情感，就像極烈的雞尾酒般讓我陶醉、發狂，激烈情感的拼貼圖。

在未知感覺的風暴中，我往上達到了某個頂點，沒有經驗的我也知道那是性興奮。

他近乎無意識地啜飲我的眼淚，就像熟睡的小寶寶反射性地含住母親的乳頭。

這就是他渴求的事物嗎？我的眼淚。

搞不清楚。頭好重，無法順利思考。

也無法肯定現在自己的思緒是否真是自己的想法。

眼淚——這可能就是秘密的關鍵。他想推開的東西，同時強烈渴望的東西。

我疲倦得不得了，眼皮好重。

將臉頰貼在他的胸口上，感受和緩的節奏，他的心跳撫平了我的不安。

我感覺到哀傷的因子逐漸變化成其他事物，心靈慢慢放鬆。

不久睡意靜靜到來，我的意識就此中斷。

38

我在他的懷抱中醒來。

我睡了多久呢？

坐起身低頭一看，他已經張著眼睛。

「你還好嗎？」我問，他卻用像是聽見了外國語言的困惑表情回望向我。

「不熱嗎？」我又問了一次，他回以了難以界定的模稜兩可動作。

我將手放在他的額頭上，他受驚似的瑟縮起身體。

「熱度下降了不少呢。」我說，但他還是沒有任何反應。

用池水潑濕他的脖子和胸口後，他露出放鬆的表情，再度閉上雙眼。

我的心情很平靜。風暴已經過去，現在我的心靈正漂浮在一片懶洋洋的靜謐中。

我知道這樣的平衡不會持續太久，沒有來由的苦悶也許是明天的我發布的警告。但是，我現在不想深入思考這件事。

距黎明還有一大段時間，在那之前都能和他在一起，以後的事情我全然沒有頭緒。

不想和他分開，我心裡只有這個想法。

微光之中，我悄悄端詳他的臉龐，一切都讓我眷戀不已。不論是濃眉、瘦削的臉頰還是薄唇，全部都是。

如果能一直像這樣與他擁抱，迎接世界終結的話——

我沒有其他奢求，只想和他在一起。

眼淚又快要掉下來，我緊緊閉上雙眼，大口吐氣，溢出眼角的滾燙水珠滑下臉頰。

我仰頭輕睜開眼，在水池對岸見到一抹搖曳的紅色。本該感受到的恐懼，被換成了遲鈍的機械性反射。我沒有湧現半點戒心，幾近無意識地瞇著雙眼，想看清楚色彩的真面目。

那是一名少女，穿著紅色連身裙、體型纖弱的長髮少女，長得和他很像。

我立即想起來了，躺在附華蓋床鋪上的他的妹妹。他說過她得了特殊疾病，躺在公主睡榻上的睡美人。

與我眼神交會後，她輕輕頷首。

「我來接他了。」她說，聲音輕脆悅耳。儘管嗓音比外表還要稚氣，當中卻有著不可思議的威嚴。

「妳是芳川同學吧？冬馬已經全都告訴我了。」

「妳是……」我有些膽怯地開口問她：「榊同學的妹妹吧？」

她沒有馬上答腔，在昏暗的另一頭用試探的眼神定睛看著我。她也和他一樣，有著晶亮的雙眸。

「冬馬是這麼說的嗎？」一會兒過後她問。

「嗯，對啊。」

她聳聳肩，接著靜靜搖頭。

「我並不是冬馬的妹妹喔。」

「咦？那妳……」

她用有些疲憊的聲音向我宣布：

「我是那孩子的母親。」

第四部

39

我坐在車子後座上，眺望掠過車窗外的路燈光芒。

全然陌生的城市，車子已經奔馳了兩個小時以上。

坐在旁邊的他倚在我身上，閉著雙眼。身體雖然很熱，但表情祥和，呼吸也很沉穩。

駕駛是他母親的老友，也就是那位奇幻小說家。他說寫作只是兼職，本業是微不足道的財主，窮盡一生花完父母留給他的小小財富則是他的工作。

所以他不是向我報上作家的名字，而是本名「西崎恒」。我立刻察覺他的筆名是將本名調換順序。

您的小說我反覆看了好幾遍喔。我說完，西崎先生聳一聳肩，默默露出哀傷的笑容。

贊成我同行的人也是西崎先生，他說我有知道的權利，所以希望我再陪著他們一點時間。他會向我說明一切，直到我能全盤理解。

我彷彿聽見了快要關上的大門再次被人打開的聲音，這是一個全新的開展。雖不曉得接下來會有什麼發展，但如此一來，我又能留在他們身邊一段時間。無論是多麼微小的可能性，我都要緊緊抓住，戀愛讓我變得前所未有地大膽與積極。

他的母親充滿神秘。

左看右看都不像已滿十五歲，雖然無庸置疑是個美少女，卻又隱約有種形似洋娃娃的奇妙不平衡感。方廣的額頭，和大到不自然的眼睛，小巧的鼻子和小巧的嘴巴。她比我矮，手腳卻很細長，從她的外表，完全估不出她實際年齡究竟幾歲。如果這名少女真的是他的母親，那就代表她活在自己獨特的生物時間裡。她已經沉睡了好幾年，我想可能也與這件事脫不了關係。

她坐在副駕駛座上，時而低聲向駕駛座上的老友說幾句話。在我看來，兩人簡直像是祖父與孫女。

不一會兒車子駛離國道，進入沒有街燈的昏暗鄉間道路。周遭皆是森林，到處都看不見民家的燈火。前進了十分鐘後，車輛更是開進細狹的小路，最後在柏油路面斷絕的地方靜靜停下。

「到了喔。」駕駛座傳來話聲，我才悄悄吐出不自覺間憋著的呼吸。

凝神看向窗外，只見背景是一片黑暗，和湖畔那間別墅很相似的平房建築朦朧地浮現而出。某處傳來了水聲，河川可能離這裡很近。

這裡算是為了預防萬一所準備的藏身處，西崎先生如此向我說明。

「清潔公司一年只來打掃一次，所以裡頭大概都是灰塵。」

我們走下車，暴露在森林的冷空氣中。由於長時間一直坐車，新鮮的空氣教人心曠神怡。

西崎先生抱起他，走向屋子。他的母親打開門鎖，我們走進屋內。

屋裡充斥著那種昭告無人居住的獨特氣味。照明都是老舊的白熾燈泡，家中所到之處都盤踞著難以徹底驅逐的黑暗，恍若不悅的野獸。

屋子共有三個房間，從裡到外分別是臥房、客房，以及客廳。西崎先生抱著他前往臥房的床鋪，再如嬰兒般將他輕輕放在床單上。

我表示想留在房裡後，他的母親和西崎先生兩人互相對望，以眼神討論著。她細微的動作成了肯定的信號，西崎先生點點頭。

「我知道了。我們會在客廳，有什麼事就叫我們吧。」

休息一下比較好喔。他又補上這句話後，與她一同走出臥房。

我環顧房間，將窗邊的椅子搬到床邊坐下。

他躺在床上，我伸手摸了他的額頭，還很燙。他就像受了傷的野獸隱藏起氣息，試圖融入昏暗之中，這或許也是他們特有的本能。

房裡幾乎沒有家具用品，只有老舊的木桌、桌上的青瓷花瓶，還有牆邊一個年代非常久遠的衣櫃。

窗戶全用床單覆蓋住了，說不定以前這裡也曾作為臨時的避難所。

房間很安靜，窗外依稀傳來潺潺流水聲，男女低低的說話聲不時從客廳傳來。這裡甚至沒有時間走動的聲音，他的呼吸聲創造出了專屬於我們兩人的節奏。

我任由自己跟隨湧上心頭的情感，撫摸他的臉頰、親吻他的眼瞼，他一點反應也沒有。我凝視他的臉龐，想將一切留在記憶裡。離別的預感一味增強，同時難以言喻的焦慮感開始催促著我。

在我的人生中，與他共度的日子就是一切，其餘的時間彷彿只是達到這個目的的助跑罷了。

我也知道自己無法永遠停留在高處，儘管如此，我還是忍不住心生盼望。我貪心得連自己都感到吃驚，我竟然成了死腦筋又想不開的人。我希望他需要我，只要他能對我說那麼一句話，我會將一切奉獻給他吧。

我痛恨他的體貼、討厭他的自制。他如果能再隨心所欲一點的話——

我將自己的頭靠在他的胸膛上，側耳聆聽他強而有力的心跳。

好想成為他的一部分，成為潛藏於他心窩的小器官，和他一起存活，再和他一起死去。

為什麼我們是帶著個別的肉體誕生到這世上呢？

為了更加深刻地感受他，我屏著氣息，輕輕閉上雙眼。

40

黎明將近，聽到有人敲了敲房間內壁，我清醒過來，看來我在不知不覺間睡著了。

我從他的胸口抬起頭，轉動臉龐，便見到西崎先生。

「可以稍微和妳談談嗎？」

我慌忙抹一抹臉，用手梳理頭髮。

「好的。」

他走到窗邊，靠著牆壁環抱雙臂。即將東升的朝陽微微照亮了覆住窗戶的床單，屋子裡的燈不知什麼時候已經關掉了。

他稍微清了清喉嚨，停頓了幾秒才問我：

「冬馬吸了妳的眼淚吧？」

我沉思了半晌，然後有些踟躕地點頭。這算某種審問嗎？

「妳不用那麼警戒，況且看到他的狀態，我也大概猜得到發生了什麼事。」

「是嗎？」

西崎先生頷首，露出僵硬的笑容。

「我是站在妳這一邊的，可以說是同伴。距今半世紀以前，我也曾身處在和妳相同的情況。我墜入了愛河，而且整個人非常混亂。」

「墜入愛河？」

「嗯，但這件事之後再說吧。首先，我先告訴妳他們是什麼人——」

他們是不完全的生物，西崎先生這麼說了。

「在進化的途中，不知不覺闖入了奇妙的死胡同——」

我沉默地點點頭後，他靜靜接著又說：

「他們是被食者的末裔，天生討厭鬥爭，所以只好選擇了逃離惡意與獨善的道路，為此而擁有了很快的雙腳，以及特別的治癒能力。他們很弱小，但單論逃跑的速度，我想絕不會輸給任何人。」

「嗯，我知道。」

「他們期望的不是拳頭，而是治療心愛之人的力量。」

「就是用那份力量，」我說：「榊同學賦予了我生命。」

他望著我輕輕點頭，然後又將視線緩緩投向自己腳邊。
「我想，」他說：「他們的祖先一定也是用這種方式存活下來吧。為了避人耳目地，所以只與非常親近的人相依為命，也懷抱著教人心痛的愛——」
「是啊……」
「打從心底希望所愛的人活下去，也許就是這份心意，促使他們很久以前的祖先開始了奇妙的進化……」
接著他又說道：
「最初可能是從母親對新生兒的意念開始，不論如何，都希望這孩子能夠活下去的堅定意志。我想，這大概就是進化的開端。」
他瞇起雙眼，輕嘆口氣。
「但是，那份力量需要代價。過剩的活力會變成熱氣，然後開始折磨他們。」
「就是榊同學那種異常的肌膚熱度……」
他點點頭。
「他們雖然獲得了一定程度的抵抗力，但還不完全。強烈的日光會消耗他們的體力，高溫和乾燥的空氣也會讓他們變得虛弱。這是萬物的真理，所有事物都是互補的。熱氣會渴求冷空氣，乾渴會尋求滋潤。」

「所以，」我呢喃地輕聲說：「他才需要眼淚——」

他筆直注視著我，然後緩緩點頭。

「沒錯，他們需要眼淚。沒有眼淚的話，他們就無法存活。深陷在進化的泥淖裡，險些就要溺斃。雖然有朝一日，也許會誕生出不需要眼淚的子孫——」

但是——他低聲又說：

「恐怕是治病力量的運用吧，一直以來，他們幾乎都是在無意識間釋放出那股力量。他們會從相互接觸的地方，將情感的火種注入對方體內。」

「嗯……」

「大腦陷入某種情況時會分泌出酵素，他們再連同眼淚一起吸收，但這是連假設也稱不上的想像就是了。總之，至少能肯定這項行為會抑制他們的熱失控。」

「那麼，如果沒有吸那些淚水的話——榊同學會怎麼樣呢？」

「不吸淚水的話？」他反問我。

「是的。」

他用力搖頭。

「那等著他的，」他說：「就是擬真的死亡，亦即深沉的長眠。」

41

他的母親沉眠了三年。

「越過某個界限後，他們會改變新陳代謝的模式。讓活動量降到最低，盡可能努力克服困境，就像是野獸的冬眠。」

西崎先生又說：

「冬馬的母親也是像那樣沉睡多年。但這純粹是我的推測，我想他們也許是在沉睡期間，一點一點地從大氣中吸收了那種酵素。因為這個世界上，每天每個角落都有人在流眼淚。也許妳會覺得不可置信，但他們的存在本身早已遠遠脫離了現實，所以想像也要這麼異想天開才行。」

「榊同學的母親為什麼沒有吸收眼淚呢？——」

西崎先生深深頷首，壓低嗓音續道：

「是丈夫的死亡將她逼進了絕望深淵。漫長的人生，她一直是一個人獨自走來，最後終於遇見這個伴侶。所謂無可取代的人，就是用來形容這種邂逅吧。」

「我聽說是發生意外。」

「嗯。」他點點頭。「光看表面的話，那確實是單純的車禍。但是，真相又是如何呢？也只有他才知道了。」

「那……」

「我想妳也感受過了，他們傾注的情感會讓對方非常混亂，因為同時灌注了數種強烈的情感。但是，殘留到最後的卻是某種虛無，那只有難以言喻的空虛。」

我安靜地點了點頭。剎那間，他突然盯著我瞧，接著再度開口：

「那些情感多少會傷害妳的心靈，就好比赤裸著肌膚鑽進竹叢，全身上下會留下肉眼看不見的小傷口。一次的話還好，兩次的話也還不會出現任何變化。但是，重複了三次、四次以後——」

「榊同學的父親也是這樣嗎？」

西崎先生的反應曖昧不明，既不能定義為肯定，也無法定義為否定。

「他很特別，和其他人一點也不像，看起來反而像是他們那一族的遠親。」

我吃驚地抬起臉龐，西崎先生看著我點一點頭。

「我總是在想，」他說：「他們前進的道路可能只有兩種。一條是讓自己更加進化，成為完全體，也就是自我充足型，自己成為一個圓環。另一條道路，是等待與他們休戚與共的伴侶出現。」

西崎先生繼續說道：

「她的丈夫進化的程度相當不錯，具有很強的抵抗力。肉體方面雖然屬於虛弱的類型，但內心如鋼製彈簧般強韌柔軟，精神上的彈性也遠遠高出一般人。」

我們呢——西崎先生說著，將手貼在自己胸口上，再將那隻手朝向我。

「很遺憾地，分數無法像他那麼高吧，因為我們也還在進化途中。」

「那麼我……」

西崎先生不發一語地頷首，同時帶著目前為止最溫柔的表情。

「人格是命中注定，戀愛也一樣。人與人結合時，有著超乎我們想像的強大宿命論力量在運作喔。」

西崎先生低聲喃喃又說：

「她……決定了他是自己的伴侶，接受了他的血，讓冬馬誕生到這世上。那之後的十四年來，他始終很穩定，看起來也很幸福，實際上也真的很幸福吧。所以，她大概有些粗心大意了……」

「榊同學的父親是幾歲去世呢？」

「我記得是三十三或三十四。」

「那麼年輕？」

「嗯，很年輕喔，甚至說年幼也不為過。他是個很俊美的青年。冬馬和父親長得很像。」

西崎先生說著，注視躺在床上熟睡的他。

「他們——在青春期到來的同時，會開始攝取眼淚，這多半和性荷爾蒙有某種關聯吧。小時候他們就和普通人沒有兩樣，反而很虛弱，看來甚至像是脆弱的生物。」

而這部分呢——西崎先生又說道，用手指比出翻轉的動作。

「接著會在迎來第二性徵時，出現劇烈的改變。他們會獲得某種獸性——過剩的活力和等同野獸的治癒能力，漸漸強壯得教人吃驚。」

「但是，這有代價……」

「沒錯，過熱這個難題始終伴隨著他們。這也會大幅受身體狀況和環境影響，於是一年有幾次必須集中地攝取眼淚。」

「那麼每一次都是——？」

「嗯，他們平常討厭持續性的關係。找到短時間的『戀人』，攝取了最低必要限度的眼淚後，便火速結束關係，這就是他們的做法。多數分手的對象都會認定內心所產生的空虛感，那是因為失去了極具魅力的戀人。」

「榊同學也是？」

「是啊，因為這是他們的宿命。本人再怎麼厭惡，還是必須一再狩獵。上次那位跳高女選手，便是冬馬不夠成熟，才招致了那般令人心痛的意外。這種關係可以說分手方式就是一切，結束就是這麼地困難。」

「嗯……」

我想起了滿是淚水的她的臉龐，那是對他的執著，現在的我也可以明白她流淚的理由。

「其實這就和麻藥一樣，這種行為具有習慣性。對方會不由自主地一再索求。更何況，當中又會參雜了愛情這項棘手的要素。」

「嗯，我懂……」

「對她真的很過意不去，冬馬也非常後悔。發生了這件事後，他變得比以前更加小心謹慎。」

「可是，」我說：「說不定我——」

他大幅左右搖頭。

「我剛才也說過了吧？我們還沒有達到那個階段。我們是進化途中慢了一圈、在原地踏步的跑者，也許總有一天會出現可以陪伴他們一生的人。但是，不會是我們。」

「您為什麼可以說得這麼篤定？」

我感到眼眶深處發熱，同時質問西崎先生：

「明明沒有試過，您又怎麼知道了呢？」

他鬆開手臂，撩起頭髮。深深吐一口氣後，再次盤起手臂。

「是啊。」西崎先生說：「那就對妳說說我的戀愛吧。」

42

距今約六十年前，那時我才十六歲，我無法自拔地愛上了一名少女。她是名非常美麗的少女，就像異國洋娃娃一樣，那名少女有著與他人全然不像的容貌。

她是個轉學生。從第一眼見到她的瞬間起，我就墜入了情網。我單方面地認定，這是命中注定的邂逅。

在某種層面上，這個想法是正確的，至少有九成九算是吧。

所謂的直覺就像是預先準備好的旁道，會在剎那間捕捉到真相。多數生物都是像這樣正確地找到了自己生涯的伴侶。

我是個膽小鬼，所以根本不敢露骨求愛，只是一直躲在暗處注視她的倩影。她受到了同性的排擠——因此完全遭到孤立——但男生們對她卻是興致勃勃。聽說有幾個男生向她告白過，當中的一個男生，劍道社的副主將擄獲了她的芳心。那傢伙非常自鳴得意，但才不到兩個月，另一個男生很快就取代了他的位置。

就這樣，她一年內就換了四個交往對象。女生們對她的評價益發一落千丈，但男生們卻是蠢蠢欲動。他們都深信下一個人肯定是自己，規規矩矩地加入排隊等候的行列。

分手後的男生們個個三緘其口，但奇怪的謠言還是開始流傳，那全都是腦袋裡只塞滿了知識、淨會光說不練的少年們的妄想。雖然謠言有各種版本，但她是夢魔這個傳聞最讓男生們興奮。因此，大家都說她是一個趁著睡覺期間吸取精力的夢魔。

我一點也不相信，但看到與她交往過的男生們全都變得失魂落魄，所有人都不得不強烈懷疑，她是不是真的擁有不尋常的秘密。

她整個人充滿謎團，只有住家可以查出正確位置。說來很丟臉，我放學後曾經跟蹤她。她的住家就在郊外的竹林裡，是間等同廢屋的破房子，我不敢相信她竟然能住在那種地方。我非常地同情她，也逕自以為她們家非常貧窮。

之前我也說過，我家十分富有。底下有為數不少的傭人，每晚餐桌上都擺滿了根本吃不完的食物。我偷偷帶出了應該不會立即腐敗的菜餚和水果，送到她家去。我既不敢出聲叫她，也覺得一定會被拒絕，所以悄悄地放在玄關的三合土地上就回去了。

雖是因為愛慕，但我從小就一直有罪惡感。對於只有自己如此受到老天眷顧而感到很自卑，所以一直想做點可以取得平衡的善行。

我持續送了食物好幾次，但她似乎都沒有發現。雖是出自善意的行為，但我很害怕被責怪，內心深處也期待著她會感謝自己，但還是不敢主動報上姓名。

某天，我在去她家的半路上被野狗攻擊，是一大群盤踞在竹林裡的野狗，牠們鎖定了我手上的食物，手無縛雞之力的我很快被撲倒在地，要送給她的食物被飢餓的野獸們奪走。混亂中，一個不小心，我的腳被野狗咬傷了。我光看到鮮血就幾乎要暈過去，我一點也沒有誇張，我的腰真的使不上力。就在我整個人癱坐在地時，她不知從何處走了出來。

她問我「你被咬了嗎？」我便回答「對。」這是我們第一次交談。

她拿出手帕，走到附近的小溪沾濕，再為我擦拭傷口。

接著她好一會兒露出若有所思的表情，最後說「你不要再來這裡了」以後，就消失在屋內。

她早就知道了，我覺得自己好可恥。被拒絕後，我才驚覺自己的傲慢，也發現這其實是我的策略。

我遵從了她的吩咐，不然我還能怎麼做呢？

我決定與她保持距離，當個單純的旁觀者。陷入情網的人都知道，這絕不是一件容易的事，尤其對一個十六歲的少年而言。

日益滋長的思念讓我的身心備受煎熬，光是看著她，我的神智幾乎就要崩潰。我的食量越變越小，原本就是腺病體質的孩子了，身體很快出了毛病，臥床不起。

之後也向學校請假，躺在床上的期間，狂犬病發病了。因為當時幾乎不再有人罹患這種疾病，所以我太大意了。被狗咬傷以後，我沒有採取任何防護措施，放任不管，這成了致命關鍵。

一旦發病，高達百分之百會死亡，我彷彿聽見了泥土撒在自己棺柩上的聲音。

我躺在診所的病床上，等著死神到來，深夜時分她出現了。

我心想著原來如此。所謂死神，就像是「以太」般不具形體的存在，會映照出何種姿態，端看當事人的期望。因為在通往那個世界的路途上，至少想與心上人一起並肩前往啊。

我開始進入急性期，精神上已經是意識不清，所以幾乎沒有留下多少當時的記憶。就好比是在頭蓋骨深處依稀迴盪的夢境餘韻，或是隱隱殘留的香氣。

但是，我只記得自己非常幸福。是沒有添加任何插曲和注釋的，純粹的情感記憶。

那份記憶決定了我的一生。

我發誓這一生要對她竭盡忠誠。她是我的救命恩人，況且我也清楚明白，自己的愛意絕對無法徹底根絕。不是她的戀人也無所謂，我只想待在她的身邊，支持著她。

我坦白告訴了她我的心意。我有錢，一定可以幫上妳的忙。雖然是毫不在乎形象的笨拙告白，但我豁出去了。

她從一開始就拒絕了我，但我沒有放棄，真不曉得我為什麼會那麼厚臉皮呢。重生之後，我的心靈堅強到了連自己也大吃一驚。

那年年底，她消失了，將「獵場」移到了其他地方。事後我才知道，以她父母身分出現在學校的人，是她用錢僱用的陌生人。所有資料全是偽造，沒有留下半點可以讓我找到她下落的線索。

我非常沮喪，但莫名又有種奇妙的確信，相信我們必定在某一方面聯繫在一起。

就這樣，我極有耐性地持續等待，終於對方主動聯絡了我。在她離開後，已過了四年。

她希望我幫助她，說她需要我的力量。說話的聲音充滿自信，毫不懷疑我一定會答應。

我問了她的所在地，奔往她身邊——

自那時起，我和她的關係一直沒有改變地持續到現在。

「那個轉學生，」我說：「就是榊同學的母親？——」

「沒錯，他們的年紀不會增長。雖不至於不老不死，但我查看了很多文獻，找到了幾個活了大約有三百年的例子，而且外表都還是年輕時的樣子。」

「三百年……」

「隔開他們與我們的，就是這些壓倒性的漫長時間，是巨大得無與倫比的隔閡。冬馬的父親儘管不到他們那種地步，但也得到了一定程度的不老性。雖說年過三十，但過世時外表依然像個少年，所以她才會選中他。」

妳明白了嗎？西崎先生說。

「隔開他們與我們的牆壁又厚又高，就連遺傳基因相當類似的我們，也很難和他們一起生活下去。他們原本就極度討厭與人的關係，像這樣一邊狩獵一邊生活，讓他們感到非常痛苦。他們的願望，是與伴侶維持持續性的關係，與絕無僅有的對象度過一輩子的親密關係。既然無法回應這一點，我們就應該靜靜退出吧？」

見我一句話也答不上來，西崎先生又說「嗯，也罷。」便放開了盤起的手臂。

「總之，就先到此為止吧。這件事沒那麼輕易能想通，我是再清楚不過了，妳就儘管煩惱吧。雖然為時尚早，但吃早餐吧，因為還有很多事情得做。」

43

早餐很簡單，只有麵包和湯。

他的母親坐在我對面，正眼不瞧我一眼，默默地將撕開的麵包送進嘴裡。

我也許被她疏遠了，因為我是將她兒子逼入險境的麻煩製造者，混亂的元兇。

吃完早餐，西崎先生決定開車到鎮上買東西。他的母親留在屋子，我則一起出門，因為也必須打電話給外婆才行。

車子發動後，西崎先生對我說：

「買完東西回來，我和冬馬的母親會出門一陣子。」

「要去哪裡？」

「去做點干擾工作，為了暫時將那些探員趕到遠方。」

「這裡也很危險嗎？」

「不，我想目前還很安全。他們的經驗尚淺，冬馬的母親在這方面可是資深高手。也就是她『技高一籌』。」

西崎先生看著前方，輕聲笑了起來。

「榊同學的母親幾歲了呢？」

西崎先生一瞬間看向我，很快又將視線轉回前方。

「其實我不知道，也不曾問過她。這點算是我堅持的紳士美德吧，我的臉皮可沒有厚到敢問女性的年齡。」

不過——他又接著說：

「從她偶爾不經意說出的古老往事來想像，至少可以肯定她在世界大戰前就出生了。」

「那麼久以前……」

「打從以前就有許多不老的傳說流傳下來，與那些相比，她還算在現實的範疇內。而這樣的特質，讓他們與同族的聯繫非常薄弱，也不清楚自己有多少同伴。他們會花上很長一段時間尋找與自己相近的異性，再留下子孫，效率奇差無比。他們存活下來這件事本身，可以說就是一種奇蹟了。」

「真是孤獨呢……」

我說完，西崎先生深深點頭。

「是啊，就跟妳和我一樣。」

開了約二十分鐘後，便見一家便利超商，我們在那裡購買食物。我想起了不過數天之前，他曾揹著我去買東西。我想，我絕對不會忘記當時感受到的幸福吧。

我用公共電話打電話回家，告訴外婆我這幾天可能還不能回去。外婆一如既往從容鎮定，但我可以清楚感覺到她的怒氣。「隨便妳。」外婆說：「妳就這樣讓周遭的人擔心妳，自己任性妄為吧，妳總有天一定會遭報應的。」

「我已經遭到報應了。」我說：「我喜歡上了一個人，這是我有生以來第一次戀愛。可是，我很快就必須與那個人分開，所以起碼在那之前——」

外婆不發一語。傳來也像是放棄般的用力嘆息後，逕自掛斷了電話。

回到車上，西崎先生便問我：「妳外婆說了什麼？」我露出僵硬的笑容，靜靜搖了搖頭。

西崎先生只是說了「這樣啊。」便發動了車子的引擎。

國道上車輛不多，遠方群山看來朦朧微綠。車子是年代已久的客貨兩用休旅車，乘坐的感覺絕對稱不上舒適。但暖器送出的風很溫暖，輪胎傳來的凹凸不平柏油路面觸感，也讓波濤洶湧的心情平復下來。

車子行駛了一陣子後，我開口說了忽然想到的事情。

「西崎先生寫的小說——」

「嗯。」

「那是他們的故事吧？」

「是啊。」他應道。「那本小說也是一道呼喚同伴的訊息，是不起眼的狼煙，告訴同伴我們在這裡。」

「有人回應過您的呼喚嗎？」

西崎先生搖頭。

「他們非常保守內向吧。雖然我收過幾封像是試探的信，但最終誰也沒有現身。倒是有很多讀者對這群孤單的異能者產生強烈的共鳴——就像妳一樣。但是，我吸引來的反而是那些探員。」

「那些人——我聽說是製藥公司的探員。」

「嗯，是歐洲的老字號企業，公司歷史可以回溯到中世紀。他們還沒有投入心力在這個國家的活動上。據冬馬的母親所言，在這之前，大約有四名同伴被他們帶走了。聽說是大戰前後的事，目前被帶走的人數還沒有增加……」

西崎先生望著前方的表情蒙上陰霾。

「那些人很想知道他們的秘密，想解剖他們直到可以徹底理解，試圖找出長生不老的秘密。一旦在歐洲的活動無法順利進行，他們當然也會更加正式地在亞洲或其他大陸展開行動吧。能夠保護他們母子到何種地步，我也很擔心。」

「西崎先生一直像這樣保護榊同學他們嗎？」

「因為這是我的期望，平常我幾乎不會與他們接觸，這樣比較安全。只有需要我的協助的時候，他們才會主動聯絡我，雖然大多都是為了資金。」

西崎先生露出有些自嘲的笑容，聳了聳肩。

「打從她陷入沉睡，我便相當頻繁地開始接觸他們。為了隨時能趕到他們身邊，我也一直在近處待命。」

他說了郊外一間老舊旅館的名字，那是間紡織業還很興盛時的氣派旅館，但現在幾乎沒有業者會在那裡住宿，已成了風雅隱士們的遁世之所。

「我無意干涉他們的生活，我並沒有忘記多年以前立下的誓言，也就是當個旁觀者。我只有在發生某些事情的時候，才會來到她身邊。」

我也算是兼職的騎士喔。語畢，他聳聳肩。

「這樣子真的好嗎？這真的是西崎先生的期望嗎？」

「誰曉得呢。」西崎先生說著，露出笑容。「到了現在，我也不太肯定了。

其他生活方式——其實我也經常考慮這件事，和常人一樣的幸福。但是，我無法順利地想像出那幅畫面。到頭來，這就叫做宿命吧。從我誕生到這世上，我的人生就已經決定好了。即使在細節上有斟酌決定權，大綱卻已訂定好了。也可以稱為趨勢，會被什麼吸引，又會疏遠什麼，就像是原始動物的趨光性，要向著光，還是尋求黑暗。而我渴求現在這樣的生活方式，雖然這是光明還是黑暗，我也不太清楚，但最起碼我不後悔。」

「你不想要有自己的家人嗎？」

西崎先生露出淡淡的笑容，微歪著頭。

「很難說，我多半不會是那樣子的人吧。也有些人的人生是注定該成為死胡同，這樣的生活方式也具有某種意義吧。或許孤獨正是我的伴侶，而且它也像是帶給我深沉寧靜的賢淑妻子啊。」

另外——他又說了：

「我早已體驗過戀愛，所以不會想再奢求更多了。」

44

回到住家，冬馬的母親已經做好外出準備。她穿著緋紅色大衣，戴著黑色毛帽，簡直就像是西洋的陶瓷娃娃。不論她實際年齡幾歲，我實在不覺得她是比自己年長的女性。

西崎先生將買來的食物分作兩份，將其中一份交給我。

「冬馬應該再過幾小時就會醒來了。他大概吃不太下東西，但我還是留了兩人份。我們不在的這段期間，冬馬就拜託妳了。」

「好的……」

冬馬的母親忽然揚起她小巧可愛的下頷，用不帶感情的雙眼看著我。

「順利的話，」她開口說話了。「我們能在日期更迭時回來。在那之前，不要離開屋子。這裡雖然是安全的地方，但稍有不慎，也有可能變成危險的場所。」

「嗯，我知道。」

「有狀況的話，那孩子會自己照顧自己。一旦察覺到危險，他應該會瞬間醒來。」

「是……」

「妳就盡全力保護自己吧，倘若妳發生了什麼不測，那孩子絕對不會原諒自己吧。」

我被她的氣勢震懾住，只能默不作聲地點頭。

「別這樣嚇她，不會發生任何問題的。」西崎先生說：「這可是比保姆還輕鬆的看家工作喔。」

我點一點頭，想要擠出微笑，臉頰卻無法如願動作。

「那就麻煩妳了。」

兩人相偕走出了房間，不久之後傳來引擎發動聲，隨即車子慢慢駛離。

我依舊杵在客廳裡相同的位置上，讓耳朵適應突然到來的靜寂。四下非常安靜，彷彿連時間也停止了走動。

我喝了在便利商店買來的水，接著走向他熟睡的臥房。

走進房間，我坐在床邊的椅子上，凝視他的睡臉，愛憐得胸口快要被壓碎。

我也許是愛上了高角羚的野兔，憧憬他在草原上奔馳的身影，希冀能和他一起感受風。但是，我絕對追不上他，只能目送他越來越遠的背影，發出嘆息。眼淚又快要掉下來，我用力吐氣，悄悄壓下湧上的熱意。

我會這麼愛哭，是因為他在我體內植入了悲傷的種子嗎？原來的我很少流淚。然而，現在卻像小孩子一樣動不動就哭。

我注視著他，低聲唱歌，那是一首外婆教我的古老搖籃曲。

我心想著，如果能成為守護他的女神的話——但立即左右搖頭。我是不可能的，我充其量只會成為累贅，成為他最大的弱點吧，我只能成為他的包袱。一思及此，強忍著的淚水又幾乎要奪眶而出。

45

快要正午前他醒來了。

他環顧房間，問我：「這裡是？」

「是西崎先生將你搬到這間屋子喔，你不記得了嗎？」

他搖搖頭，接著視線忽然停在半空中，「啊」地低叫一聲。

「在那個頂樓庭園……」

「嗯，沒錯。」

他閉上雙眼，深深嘆一口氣。

再次睜開眼後，他伸出手臂呼喚我，我在他的身邊躺下。他張手環抱住我的肩膀，說道：

「抱歉，我傷害了妳。」

我仰頭看向他。他輕伸長手，用指尖觸碰我的臉頰，再用舌頭舔了舔指尖，輕聲喃喃地說「眼淚」。

「是妳的眼淚……」

「嗯……」

「我輸給了自己的欲望……」

「你那時候幾乎失去了意識喔。」

「就算是這樣，結果還是沒有任何改變，我傷害了妳。」

「可是，」我說：「我一點也不覺得自己受到了傷害，反而很高興，原來我也有東西能夠奉獻給你。」

我打斷想說些什麼的他，接著又道：

「能和你合而為一，我真的非常開心。你對我有所索求後，我才終於覺得自己如願以償……」

你想要的話……說完，我將自己的臉頰貼在他的胸膛上。我為什麼會說出這種話？連自己也不太清楚。

他靜靜搖頭，輕輕將手放在我的頭髮上。

「但是，這是不對的。」

他說。

「遲早我會遭到報應，要是妳發生了什麼不測，我大概會承受不住。」

我點點頭，因為我知道他說的是事實。

我對他說：

「你們的事，我都聽說了。」

「嗯……」

「那個人不是你的妹妹，而是母親吧？」

「對，妳很驚訝吧？我們是比外表還要奇特的存在，是進化一時反覆無常所生的變種。」

「你別這麼說……」

他像要吐出某種情感似的輕聲笑了起來。

「我們一邊傷害他人一邊活著，被討厭也是當然，我就討厭這樣的自己。」

「但我喜歡你喔，遠比任何人。」

「嗯。」他應道。「我知道。謝謝妳……」

46

我們在廚房吃了簡單的午餐。

我扶著他一路從臥房走到廚房。他比我想像中還要衰弱，骨折雖然已經大抵痊癒了，但走路還是有些一跛一跛。

在桌旁坐下後，他喝了礦泉水，只吃了幾口麵包。

不舒服嗎？我詢問後，他輕輕搖頭。

「我已經度過險境了，可以感覺到代謝模式產生改變，不會再出現那麼激烈的發作了。」

「眼淚呢？不想要嗎？」

他面帶微笑，說道：

「沒事的，我已經不需要眼淚了。」

我目不轉睛地看著他，問：

「你說不需要眼淚，是什麼意思？」

他抬起頭，直視我的眼睛。

「我不會再吸取眼淚了，不論對象是誰。」

「這麼做的話，榊同學你——」

「我並不會死亡，只是陷入長眠而已，總算可以揮別與生俱來的失眠症了。」

「可是，你為什麼要這樣……」

他看向捏在指尖上的麵包片，陷入沉思。我屏著氣息，等待他的話語。

終於他抬起臉龐，注視著我與他之間的曖昧空間，低聲私語似的說：

「因為不這麼做的話——」

「嗯。」

「我大概就無法放棄妳。」

那一瞬間，尖銳的痛楚掠過我的胸口。他的一字一句像帶有熱度的針，貫穿我的身體。

「榊同學……」

「無論怎麼保持距離，這份思念恐怕都不會斷絕。置之不理的話，我總有天一定會渴求著妳，再度回到那座城市吧。所以——」

「我不在乎。我對你——」

「不行。」他打斷我地插嘴。「妳說過妳都聽說了吧？既然如此，應該知道我們要在一起有多麼困難。」

「我知道。就算這樣，我還是想和你在一起。我不會要求永遠，兩年也好，三年也罷，我想為了你活下去——」

他痛苦地搖了搖頭。

「那三年可能會奪走妳的生命。我們的關係一旦加深，探員們勢必會將妳列為目標之一。如此一來，妳這一生都必須躲躲藏藏地過生活。」

我什麼也無法反駁，緊盯著自己放在桌上握起的拳頭。

他說得沒錯，我們之間太多障礙了。分明一度理解了，但真正與他面對面後，還是忍不住說出任性的話。情感比理智更先行動，以前的我明明不是這樣。

兩人陷入靜默後，房間的角落冷不防響起了電話鈴聲。

我們吃驚得瞬間倒吸口氣。

那是機種非常老舊的電話，竟然還能使用，真教人有些不可置信。

見他點頭，我起身去接電話。

「喂……」

「喂，是芳川同學嗎？」

是西崎先生。我放下心來，鬆開緊繃的肩膀。

「嗯，是我。」

「冬馬呢？」

我回頭看向他，他正神色緊張地望著我。

「嗯，他已經醒了，現在和我在一起。」

「那太好了。計畫有變，請你們立刻離開那裡。」

我感覺到漸漸恢復平穩的心跳又再次加快。

「那些人要過來嗎？」

「不知道，但可能性很高。我們也會盡早回去，你們立即出發吧。我想告知會合地點，能請冬馬聽電話嗎？他以前曾來過這裡好幾次。」

「好，我知道了……」

他靠著己力走過來後，接過我手中的話筒。

「去拿臥房的手提袋過來。」他小聲對我說。我點點頭，就此走出廚房。好不安，心臟在劇烈跳動。再度踏上了逃亡之路，這才是他們的日常生活。

我走進臥房，拿起放在床邊的手提袋後，急忙回到廚房。已講完電話的他將桌上的麵包和水瓶塞進手提袋裡，環視房間，尋找我們的痕跡，可不能留下供人追蹤的線索。

「嗯，應該沒問題。」

走吧。他說著走向走廊，腳步十分沉穩，明明方才還要人攙扶才能走動。

他沒有走向玄關，而是走向浴室。浴室空間約二張榻榻米大，鋪滿白色磁磚。在我的頭部高度有扇小窗，他扳起彎月形扣鎖，打開窗戶。

「從這裡離開吧，妳先出去。」

我點點頭，將腳踩在浴缸邊緣，再伸手扶住窗框，身體依然輕盈。

我覺得自己像變成了擁有不同人生經歷的另一個人。迎來了一個與危險緊鄰的人生，也成為了天生的逃亡者。

讓上半身探出窗外後，我轉過身子抓住上側窗框，在手臂上使力，提起下半身後跳到地上。動作一點停頓也沒有，彷彿已重複排練過了無數次，奇妙的全能感包覆住我。

他將手提袋丟給我後，相當吃力地鑽過窗戶，提起長腿，輕輕降落在地面上。

「骨折的地方沒事嗎？」

「沒事，也幾乎不痛了。」

「這樣啊，太好了。」

「那快走吧。」

他從我手上拿過手提袋後掛在肩上，朝著蔥鬱森林深處踏出步伐，我緊跟在後。

完全沒有人為整頓過的森林雜草叢生，教人寸步難行。現在分明是大白天，四周卻很昏暗，甚至聽不見鳥叫聲。附近似乎有沼澤，隱約可以聽見流水聲。

「我們要度過前面的鐵路橋。」

他說。

「那裡已經廢線了，所以不會有危險。溪谷前面有間無人使用的燒炭小屋，我們要在那裡與兩人會合。」

「大約要花多久時間？」

「我想一個小時就能走到了。」

「那些人會追上來嗎？」

「我也不敢肯定，聽說有人在三公里遠的路邊餐廳見到他們的蹤影，因為穿著黑色西裝的白種人在這一帶太醒目了。」

「他們怎麼會知道我們的所在地？」

「不知道。」他說：「可能使用了軍事衛星吧？他們的技術一天比一天進步。與之相比，我們依然只仰賴自己的雙眼和耳朵。」

「嗯，也是……」

這個世界不論何處都沒有他能安心歇息的場所。縱使逃到地球的另一端，探員們也會執拗地追過去吧。

太過軟弱的拳頭與心靈，他們不知道抵抗的方法，我腦海中浮現出了靜靜望著獵人槍口的草食性動物那雙濕潤的大眼睛，眼中有著平靜的屈服與深沉的悲哀。

我們對生命有太深刻的感觸，在這個信奉力量與效率的世界裡，我們是孤立的，總是用畏怯的雙眼看著身旁的人。他們無止盡的欲望，不願寬容——

走在前頭的他停下腳步，專心想著事情的我差一點撞上他的後背。

「怎麼了？」

「他們來了。」

「真的嗎？」

「嗯。」

他閉上眼睛抬起下巴，試圖感應某些事物。

「他們在追蹤我們的足跡……」

快走吧，他說，再次邁步前進。

覆滿叢生雜草的地面已變成相當陡的斜坡，山白竹和蔓草擋住了我們的去路。一邊撥開植物一邊前進讓他的體力急遽消耗，他每隔幾次便做一次深呼吸，努力補充不足的氧氣，脖子也冒出了大量汗水。

「我拿手提袋吧？」

我提議後，他猶豫了一會兒，才點頭說「謝謝。」

「我輕鬆多了。」

我接過他遞來的手提袋掛在肩上，重量幾乎讓人毫不在意。從這件事看得出他的體力磨耗得有多麼劇烈，這更是讓我感到不安。

往上攀爬斜坡約十五分鐘後，視野豁然開朗，可以看見橫架在溪谷上的老舊鐵路橋。

「那條鐵路約在二十年前廢線，所以現在應該還很牢固。」

「嗯，希望是。」

走近一看，磚塊塔建而成的橋墩比想像中要堅固。鐵路橋與水面有一大段距離，大約有三十公尺，或者更高。可以看見青綠色的河水在遙遠下方靜靜流過。

「會怕嗎？」他問，我回答「不會。」

「放心吧，以前的我想必一步也踏不出去，但現在沒有問題。」

他點點頭，重新面向前方，腳步慎重地跨出第一步。鐵路橋沒有路基，滿是空隙，只要踩空了軌枕，就有可能轉瞬間掉入河裡，非常危險。我們抓著生鏽的鐵欄杆，一步步小心翼翼地前進。

從腳底吹上來的風颳起頭髮，我好幾次用空出的另一隻手壓下頭髮，但髮絲就像在頭部周圍嬉戲的黑色妖精，不斷遮擋我的視線。

鐵路橋的長度應該不到一百公尺，現在我卻覺得它長達數公里。

我不經意地將目光投向腳邊，橫躺於遙遠下方的溪谷鮮豔色彩躍入眼簾。

我突然感到恐懼，大腦一陣暈眩，不自覺在抓著鐵欄杆的手上用力。

可能我發出了一些聲音吧，他轉頭看向我。

「沒事吧？」

「嗯，沒事。是我低頭往下看，身體一時不穩。我不會再看腳底下了。」

「嗯，那樣做比較好喔。」

他露出笑容，輕輕頷首。我用手壓住被風吹起的頭髮，等著他再度邁步。但是，他的目光聚焦在我的咽喉一帶，雙腳沒有移動半步。

「怎麼了？」

「是他們……」

我吃驚地轉身，只見穿著黑色西裝的兩個男人正朝這裡走來。就快走到鐵路橋了。雙方的距離不到五十公尺。

「是什麼時候趕到的……」

「走吧，用跑的。」

「嗯……」

我們一改先前的小心翼翼，朝著對岸開始狂奔。

回頭一看，兩名探員也已開始過橋，心急讓我的腳步變得不穩。

突然間，從前軟弱的我再度甦醒，我的肉體被撕成兩半，一個是往前進的自己，一個是害怕得僵在原地的自己。

我算錯步幅，踩空了軌枕，瞬間用力踢到自己的另一隻腳，身體往前拋出。

我跌倒了，但所幸沒有掉下去。滑落肩膀的手提袋從欄杆縫隙間掉往下方。

然後看見他回過頭，一邊吶喊著什麼一邊折返。

我在雙手上使力，努力想起身。雙腳在半空中亂踢了好幾次，我不禁在心中咒罵自己的不中用。關鍵終究在於經驗，他們至今度過了多少迫在眉睫的險境呢？我還只是非常初級的新手。

「不行！你先走，我不會有事的！」

我如此大叫，但他沒有停下腳步。

警告被狂風徹底吹散，我在耳畔呼嘯的風中，彷彿聽見了他母親的聲音。

倘若妳發生了什麼不測，那孩子絕對不會原諒自己吧——

其中一隻腳終於碰到了軌枕後，我倚著軌枕撐起上半身。

他已經跑到我眼前，朝我伸出手。

「快！」他說。

我跪在軌枕上，往他伸出手。

就在只差幾公分兩人便能碰到彼此手指的那一瞬間，身後響起了陌生的聲音，他突然倒下。

我發出尖叫聲，近乎無意識地撲到他身旁，用自己的身體護住他的背部。我隔著胸口感覺到他急速的心跳，同時抬起頭，只見其中一名探員朝著我們高舉槍枝。接著，槍口冒出了些許白煙。

「榊同學。」我呼喚他的名字。

他動了動身子，發出微弱的呻吟。

「放心吧。」我說：「我會保護你的。」

我察看他的身體，指尖摸到了血的滑溜觸感，傷口在右胸的鎖骨附近。此刻無法期待他會有平常的治癒能力，一股不安掠過腦海。

我再次抬頭，看向開槍攻擊他的男人們。兩人都一派從容不迫、慢條斯理地往這裡走來，距離約有三十公尺。

我看向身後，估算跑到鐵路橋終點的距離，大概有五十公尺，現在的我們就處在大概是鐵路橋的正中央位置。

我有可能揹著他奔跑嗎？用不著細想，我肯定連三步也走不動吧。因為我連自己一個人走路，都那麼搖晃不穩了。

絕不能把他交給那些探員。

我將他的頭部緊抱在懷中，強悍地注視著步步逼近的掠食者們。

我想，只有一條路可走了。我小心著不被他們發現，悄悄地轉動視線，從軌枕的空隙低頭看向水面。

我想深度應該足夠，探員們多半會低估我的能耐，這點一定對我們有利。成功的話，他們說不定會放棄繼續追趕我們。

他們已經走到附近了，皮鞋鞋跟踩在軌枕上的輕脆聲傳入耳中。

兩個人活下去的機率有多少呢？有萬分之一嗎？打從出生到現在，我一次也沒有游泳過。但是，只能放手一搏了。

我親吻他的臉頰。

「我愛你。相信我。」

他似乎微微點頭。又或者，單純只是我有這種感覺而已？

我緊抱住他，旋即讓兩人的身體朝著鐵路橋邊緣滾了半圈。

鉛灰色的天空映入眼簾，緊接著是覆住山表的群木綠意，然後我們失去了支撐住自己身體的事物。

往下墜落的同時，我環抱住他的肩膀和頭部，用自己的身體竭盡所能地包覆住心愛的人。預料到撞向水面的衝擊，我屏住呼吸，盡可能縮起脖子。

感覺上也像是漫長的路途。

雖然這可能很常發生，但能再爭取到一點時間吧。情緒忽然放鬆的那一瞬間，我冷不防地撞向堅硬的水面，就此失去意識。

第五部

47

木柴的火已經快要熄滅。

小屋裡沒有地板，直接露出了潮濕的地面，我們躺在泥土地上的稻草堆上。衣服仍是半乾狀態，我們只穿著內衣褲互相擁抱，再蓋上自己濕透的衣服當作毛毯，抵禦寒意。

他的身體冷得不可思議，一點也不像是活著人類的體溫，他的肌膚幾乎跟這間小屋的牆壁和裸露的泥土一樣冰冷。

我不知道這裡是哪裡，由於到處都沒看見類似爐灶的東西，肯定不是約好會合的燒炭小屋吧。我們被沖到了相當遠的下游，也不曉得這裡離目的地有多遠。

我們活下來了，我想現在這才是最重要的事。

掉進河裡時，我一瞬間失去了意識，鬆手放開了他。再次張眼醒來時，他被沖到了離我數公尺遠的下游。我划開冰冷的河水，拚命想靠近他。但是，還是游泳初學者的我光是別沉下去就已竭盡全力，遲遲無法縮短兩人之間的距離。我的天性似乎只特別針對森林裡的生活，游泳並非我的強項。

可能是灌進衣服裡的空氣變成了浮力，他沒有沉下去。朝上仰躺著，頭部朝著下游靜靜流動。快溺斃的人反而是我，衣服成了阻力，我無法順利划水前進。好幾次喝下河水，猛烈嗆到，每一次我都做好了死亡的覺悟。

就這樣，我們被河水沖得很遠。最終來到有好幾顆岩石凸出水面的急流處，河川變作幾條支流，又在前方不遠處匯合，形成了蜿蜒崎嶇的大溪流。

我們被沖進同一條支流，終於在此相聚。他在水深只達膝蓋的淺灘處卡住不動，如樹葉般微微左搖右晃。我抓住他的手臂，將他拉上岸，讓他躺在乾燥的岩石上，檢查他的狀況。

他幾乎失去了意識，不管我怎麼呼喊，他似乎都聽不見。他的呼吸又淺又急，即使我想確認脈搏，卻到處都摸不著他脈搏的微弱顫動。

我解開他襯衫的鈕釦，察看胸部，傷口只是有些滲血，幾乎不再出血。我不知道他流了多少血，也害怕知道，他的臉龐幾近血色全失。

在陸地上移動時，他完全無法協助我。我花了一點時間好不容易揹起他，總之朝著下游前進。

揹著某個人，對我來說也是初體驗。他就跟想像中差不多重，瘦長的手腳讓我的行動變得困難重重。

走在潮濕的岩石區時，我超乎必要地小心，因為不能再次掉進水裡。

他賦予我的生命是特別訂製的，我很強韌，遠比外表還充滿力量。雖然他說這才是我原本真正的模樣，但我還是感到不可置信。每前進一步，就對自己的行為心生奇妙的感動。

這時的我，還處在自我試用期，我也許比實際上還要高估自己。

往前走了一會兒後，來到細窄的山路。我離開河川，暫且決定走進起初預計前往的那座山。道路是曲曲折折的陡坡，傾斜的地面底下處處深埋著都可作為踏板的圓木。

要揹著他爬上這條陡坡，對我來說是極大的考驗。身體吶喊著已超過極限，我好幾次都快要受挫放棄。心臟急速地跳動，讓我想起了那個「康復的夜晚」。我緊咬牙關，一步步將沒有意識的他帶到高處。

走完一開始的陡峭斜坡後，道路變成了和緩的上坡。

我變得較為樂觀，開始心想也許一切事情會進行得很順利。能與兩人會合的話，他也能有所好轉。我懷抱著這樣沒有根據的期待，專注地繼續往前。

小屋位在山腰上略微開闊的一處地方。

走進屋內，沒想到留有人待過的痕跡。最近好像有人來過這裡，逗留了一陣子。地上有火堆殘骸，還有一部分變成了黑炭的木柴，一旁還有火柴盒和空空如也的香菸包裝，白色保麗龍盤子上也有吃剩的某種食物。

我讓他躺在小屋角落的稻草堆上後，點燃木柴，拿起掉在盤子旁邊的竹筷子當作火種。盡頭牆邊堆有三根木柴，我也將它們添進火堆裡。

小屋變得溫暖以後，我脫下他身上的衣服，擺在火堆四周。思忖了半晌，我也脫下自己身上的衣物，同樣放在火堆旁。

他的肌膚很冰。按理說，當體溫下降這麼多，人的身體會不斷發抖，努力製造一些熱意，但他的大腦似乎不想這麼做。他安靜得教人害怕。

一邊烘乾衣服，我一邊試圖用自己的溫暖喚回他的體溫。我緊緊抱著他，以兩手用力摩擦他的手臂和臉頰。

有種奇妙的既視感，這間小屋像是那晚溫室的鏡像。

切換了代謝模式的他看來一點也不痛苦，折磨著他的熱度已消失無蹤，他宛如是冰冷的大理石雕像。

我很孤單，非常害怕。那些探員放棄了嗎？希望他們會以為我們兩人溺斃了，停止繼續追趕，就此離開——

驀然回神，他已經醒來，凝視著我。單是看見他的瞳孔，我就險些哭了出來。

「你感覺怎麼樣？傷口會痛嗎？」

我的聲音細弱又顫抖。

他靜靜搖頭。

「我沒事。這裡是哪裡？」

「是間山中小屋，我們從鐵路橋跳了下來。」

「嗯。」他應道。「我隱約記得……」

「我們被河水沖到了很遠，然後我又爬上山路。所以——」

「爬上山路?妳嗎?」

「嗯，我揹著你一路爬了上來。」

他露出笑容，讚許道「真厲害。」

「妳是臂腕纖細的神力女超人，人不可貌相地強壯。」

「好像是呢，連我自己也不知道。」

「嗯……」

他還抱住我的背部，那冰冷的觸感讓我不由得打了冷顫。

抱歉，他說。

沒關係，我搖搖頭。

「你沒事嗎?身體這麼冰。」

「我並不覺得難受，我想這大概就是『沉眠』吧。也就是將代謝壓低到極限，為了那個時機而做的準備。」

「那個時機──是什麼時候?」

再過不久，他說。

「我想這次的覺醒，是為了向妳道別所給予的最後機會。」

「我不要。」我說。聲音在顫抖，語尾嘶啞。「不要讓我孤單一個人，不要丟下我。」

「妳不是一個人啊，妳還有外婆和外公，將來也會遇見更多的人。一群愛妳、需要妳的人，我沒辦法從那些人手中奪走妳。」

「你不要這麼說——」

他搖著頭。

「我真的這麼認為。我們很相似對吧？對於過度敏銳的心靈感到棘手，哀嘆著自己誕生到了錯誤的星球。這世上一定還有這種夥伴收聲斂息，孤獨地在某個地方生活著。只要妳去敲他們的大門，肯定會發生一些美妙的事情。」

我幾乎沒有在聽他說話。對我而言，他就是一切，除此之外的世界不過是沒有色彩的背景。假使失去了他，我的心會死去吧。

我放聲號啕大哭。自從遇見他，我就變成了無可救藥的愛哭鬼。

「拜託你。」我說：「吸我的眼淚——現在還來得及吧？」

他用力抱住我，將鼻子埋進我的髮絲之間。

「真好聞。」他說：「我不會忘了妳的這個香味。」

我覺得他在岔開話題，焦急地扭過身子。

「吶，算我求你了。」

「不行。」他一口回絕。「我已經決定好了，所以希望妳也尊重我的決定。」可以嗎？說著，他望向我的雙眼。直到我回望前，他一直耐心等待。

「妳得到了新的人生，我希望妳的嶄新人生不是被趕進陰暗處裡，而是在陽光底下盛開，這就是我的願望。在這個星球的同一片天空下，妳過得很幸福，健康地，悠然自得地度過自己的人生，光是想到那幅畫面，我也會感到幸福。我們相遇之後，緊密地結合在一起，沒有任何人能比得上。我們為對方獻上了彼此的生命，在無聲之中傾訴了自己的愛意。這樣子很棒吧？既然如此，我們還要奢求什麼呢？」

我什麼也說不出口，只能抽抽搭搭啜泣。將自己貼在他的胸膛上，祈禱著能成為心愛之人的一部分。我就像個不懂事的孩子，讓他傷透腦筋，而且一點也不知道反省。太過濃烈的愛，讓我變成了自私自利的人。我解放自己，讓自己隨心所欲。忘記壓抑，只是一味沉浸在愛情中。

妳聽我說，他開口說道。

「妳是我的希望，在我充滿痛苦和悔恨的人生中，是妳帶給了我沒有半點污點的美麗回憶。想起妳的時候，我會覺得自己好像還算個有救的人類。我們一直是一邊傷害他人、留下污穢的足跡，一邊四處逃亡。在這樣的日子當中，我遇見了妳，這樣的我也能愛上一個人，是妳讓我明白了這一點。」

他又說了：

「我非常陶醉，從不曾覺得活著是一件如此美好的事。所以我希望妳——」

我噙回淚水，輕輕點頭，恢復了理智。不能讓他感到痛苦，正如他希望我過得幸福一樣，我也希望他得到幸福。為此，我能做到的事情——

「謝謝你。」我說：「抱歉說了這麼任性的話……」

「沒關係。」他說：「因為我是最了解妳心情的人，我的想法也一樣。」

我點一點頭。

「我們相遇了呢。」

「嗯，就像孤獨的星星在浩瀚的宇宙裡輕輕擦身而過一樣，用彼此的光照亮對方的同時，驚訝於原來自己不是一個人，忍不住露出高興的笑容，然後大喊著：『太棒了！終於相遇了！』」

「是啊，好像就是這種感覺。」
「嗯，我真的很開心。還一個人像笨蛋一樣笑了出來，心情像飛上了雲端。」
「我倒是很不安……因為你始終都待在遙不可及的地方，我又對自己一點信心也沒有……」
他點點頭。
「但是，在那個滿月的夜晚，一切都改變了，我們不得不前進。說不定早在出生之前，就已經注定會變成這樣了。」
「我也這麼覺得，為什麼呢？」
大概——他說道：
「因為這是唯一的真實吧。」
「嗯，是啊。」
我說。
「一定是這樣……」

48

他陷入了沉睡，留下我一個人。

他的身體如冰塊般寒冷，不論我怎麼用力抱緊，都無法感覺到他的心跳。

太陽下山後，我走出小屋，前往約定的地點，這是兩人訂下的協定。

「西崎先生一定會想出妥善的辦法。」他這麼說道，露出像要讓我安心的笑容。

「我們至今都是靠著他度過難關，躲在探員們絕對找不到的隱密地方。」

「辦得到嗎？」

「應該可以，至今我們一直相當勉強自己。媽媽極力主張起碼在高中畢業之前，想讓我過著和一般人相同的生活。全天下的母親都說一樣的話吧？讓人有點想笑呢。」

「這就是母親啊。」

「是嗎？不過，這也要結束了。我們會銷聲匿跡，不會再有人打擾我的安眠。我要補回十七年份的睡眠。」

「還能再見面嗎？」

他一語不發，露出哀悽的微笑，注視著我。我以眼神反問後，他親吻了我的額頭，再將雙唇湊到我耳邊。

我不會忘記妳，他這麼說道。

「人生最後，在我斷氣的那一瞬間，我會想起妳的身影。一邊吐出最後一口氣，一邊輕輕呼喚妳的名字。」

美紗，他喚道。

「我希望妳過得幸福，我們就是為此而相遇。我永遠都會祈禱妳過得幸福，因為無論相隔多遠，我們總是聯繫在一起……」

然後他告訴了我自己真正的名字。

「這是我的生命，我將它託付給妳了。」

太陽西下後，我離開他身邊，穿上衣服，衣服已經乾了。

我花了點時間也為他穿上衣服。

小屋裡冷得刺骨，但他說過他完全不在意，也已感覺不到寒冷。

我將自己鋪好的一部分稻草蓋在他身上。我不曉得探員找到這裡的可能性有多高，但還是得盡可能做好萬全準備。我讓他只露出一截臉部後，其餘的全隱藏在稻草底下。

最後我穿上黑色外套，打開小屋的門，冬天的冷空氣扎向肌膚。

我回頭看著他，他幾乎與黑暗同化。

「我一定會回來。」

僅留下這句話，我走到小屋外頭，關上大門。

漆黑的夜，但是，我的五感清晰敏銳，似乎可以毫不費力地奔馳在夜晚的山路上。如果他的記憶沒有出錯，往上爬一會兒後，就能走到山脊道路。山脊道路橫跨廢線，然後他說只要沿著鐵軌前進，應該很快就能找到燒炭小屋。

我踏出第一步，接著再一步。身體不可置信地輕盈，雙腳充滿力量。

我起腳飛奔，宛如羚羊一般。

儘管淚水滾出眼眶，我還是沒有停下腳步。我任憑眼淚流下，只是一心一意地為了心愛的人往前狂奔。

終章

不久婚禮就要開始。

待在庭院裡的賓客排成一列，魚貫走進教會。女工作人員前來呼叫我。外公和外婆已在樓下等候。代替坐在輪椅上的外公，將由外婆牽著我入場。

我在女工作人員的帶領下，緩慢地踩著步伐走出房間。協助我著裝的兩名女性邊留意著婚紗下襬，邊跟在後頭。

擦得晶亮的木板走廊在太陽光下閃閃發亮，那份耀眼讓我忍不住停下腳步，瞇起眼睛。

希望妳在陽光底下盛開──

他的話語忽然在耳畔甦醒。

在那之後，過了十年。但是，那段日子的記憶絲毫沒有褪色，依然在我心中綻放著燦爛的光芒。

躺在他的懷中，如今我得到了新的生命。當時感受到的強烈悸動，我直到死去也絕對不會忘記吧。

他走了，前往我不知道的地方。

離別前夕，西崎先生對我說了：

「妳不能被回憶困住。要回想、懷念是妳的自由，但不能因此就當作停滯不前的藉口。我們的人生並沒有想像中長，無法像他們一樣。所以，希望妳全力以赴地過生活。冬馬不惜冒著生命危險，也希望妳健健康康地度過一生。得到了新生命的妳，絕對不能輕易將其浪費。希望妳珍惜自己，認真對待每一天，確實地回報他的心意。」

他的母親最後僅僅只有一次對我露出了淡淡微笑。

「我喜歡妳喔。」她說：「妳的堅強和果決與那個人有些相似，要在這時候就和妳道別真是遺憾。」

她用自己的臉頰蹭向我的臉頰，輕聲道著「再見」。

「要幸福喔。」

「是的……」

最後，我看見了他裹著毛毯躺在車子後座上的睡臉。他帶著祥和的表情沉睡著，深沉的長眠。他在當中作了什麼夢呢？

直到再也看不見車子，我一直揮著手。我沒有哭，他應該也希望我別哭吧。至少在最後要帶著笑容，也許表情有些扭曲，但我還是努力擠出了稱得上笑臉的表情。

「再見了……」

我低聲輕喃，轉身走回家。

之後的每一天，是接連不斷的小混亂與新發現。

見到我的外表判若兩人，外婆非常震驚。

「妳真的是美紗嗎？」她問，從頭到腳仔仔細細地打量我。我點點頭，輕輕抱住外婆的肩膀後，她怯生生地推開了我。回想起來，我至今從不曾像這樣張開手臂抱住外婆，肌膚接觸原本是我最害怕的事情之一。不光是外表，像這樣不經意的舉動，也帶來了小小的變化。

在醫院接受檢查後，更是引發軒然大波。

「怎麼可能！」醫生們異口同聲地激動說道。所有數值都很正常，我的身體健康到了不自然的地步。照理說，身體某個地方有點毛病也很正常，但我的身體卻沒有一絲一毫的損傷。

他們非常好奇我到底發生了什麼事，但每一次問我，我都捏造出錯誤的回答。像是喝了可疑的秘藥，或是泡了奇蹟的溫泉，但這些答案都讓一本正經的醫生們感到非常掃興。

學校方面，則是吸引來了不少注目禮。

多數同年級生——包括老師們——都以為我已經不在人世了。

我絕不誇張，他們都用像是看見了幽靈的眼神望著上學的我。由於我的外表改變了，他們還編出了靈異風格的軼事，我成了充滿神秘色彩的怪盜淑女。

各式各樣的臆測四處流傳，當然也有些謠言提到了我與他的關係。當中還有學生教人吃驚地說中了真相。

那名學生到處宣稱榊冬馬是吸血鬼，芳川美紗因為被他吸了血，才從死亡邊緣活了過來。自從發生了那起毆打事件後，多數學生都知道了他驚人地耐打。當時，他的頭部明明流了大量鮮血，卻仍然靠著自己的力量站起來，還甩開老師們的手，快步離開現場。從此他的不死之身傳說於焉誕生。

那名學生似乎還說，我和他一樣也得到了不死之身，正暗中鎖定下一個獵物。

我覺得這樣也好，別人如果對我有這種想法，我反而很感激。唯獨不與人親近這一點，還是和以前一樣完全沒變。

我又變回頂樓美化委員。

我與先前交棒的一年級女生一起管理庭園。

我和她很合得來，都是熱愛植物與孤獨的人，一邊保持著最低必要限度的接觸，我們一邊維護各自的負責區域。工作時我們會對植物說話，或是沉浸在一個人的思考世界裡。

從那時起，我開始奔跑。

像他一樣，獨自一人奔過日暮時分的山路。我已經不再害怕森林的漆黑，與那一晚的山脊道路相比，我甚至覺得這像是包覆住我的柔軟面紗。

周遭不再見到探員的蹤影，也許他們正在某處監視著我，但我沒有再親眼見過那些穿著黑衣的男人。

我偶爾也會跑到湖畔的別墅。

風吹過松樹林的聲音。

他說過，這裡是風頭處。

立於療養院遺跡裡的白色廢屋，被夕陽染紅的鐵鏽斑斑遊樂器材。

走到別墅後，我走上陽台，從窗戶注視那張睡榻。

每一次我總是感到不可思議，那段時光實在不像是現實，我常懷疑自己是否看見了幻覺。

也許所有發生過的一切都是夢境。被他揹著，在便利商店買東西。我太過開心，在他的背上一直羞紅了臉。我時而也會想，或許就連當時臉頰的熱意，也是黎明時分作的夢的記憶。

有時候，我也會在滿月的夜晚前往頂樓庭園的溫室。

缺了一截翅膀的聖天使像、留有裂痕的海芋盆栽，到處都殘留著他的痕跡。他在這裡索求了我，我將自己的心獻給了他。他以人的哀傷為糧食而活，多麼教人心痛啊，我心想道。

渴求著心愛之人的眼淚，每一次也都漸漸傷害到自己。

我們就是以這副姿態誕生到這世上，纖細敏感的心，而這世界總是粗魯又野蠻，充斥著自以為是的主張。

高中畢業後，我進入國立大學就讀。我在學校修了植物生態學，更是一頭栽進園藝的世界裡。

雖然早在高中時期就有這種跡象，但我這時才開始注意到，自己很奇妙地會吸引來異性，這也是他賦予我的嶄新另一面。

我的一舉一動總是伴隨著過剩的活力，存於體內的活力老是抑制不了地顯現在外。我都在課堂之間，一個人在校園的操場上奔跑，也不得不跑。

我的雙眼綻放著強而有力的光芒，頭髮驚人地豐盈又充滿黑色光澤。我會好幾天都不睡覺地寫作業，週末再直接和教授們進入山裡尋找野草。

我的食量很小，但不曾覺得疲憊。肉類會讓我身體不舒服，所以我幾乎不碰。學習到了越多知識，我才知道分解動物性蛋白質時產生的熱對我有不良影響。熱——就連這一部分，我也複製了他的體質。

我的身體強健在校內算是相當出名，但單憑明明沒有參加任何社團，卻總是在跑步這點，我就已經是十分引人注目的存在。

儘管我始終與他人保持距離，還是有幾個男生跨越了我築起的柔軟高牆，向我告白。

他們都是有些特立獨行，與一般人不太一樣的男生。所有人都有著過剩的活力，思考非常跳躍，不按牌理出牌的言行舉止總讓朋友們不知所措。

為了不傷害到他們，我慎選措詞，有禮地拒絕了他們。

「我心裡一直喜歡著一個人。」我對他們說：「我會總是在奔跑，是因為希望有天能夠追上那個人。」

就這樣，我不讓任何男性接近我，一直單身到二十來歲。

我繼續升學進研究所，一度也考慮過往國家研究員這條道路前進，但終究還是在當地的園藝設計公司就職，那是高中時代我叨擾過的造園技術士所屬的公司。

我感覺回到了自己的容身之處。

我頻繁地前往母校，和小我許多歲的學弟妹們一起勤奮照料頂樓庭園。我很幸福，每天都過得很充實，而且那裡終年有著我和他的回憶。

只有一次，我偶然遇見了那位跳高女選手，並與她說了幾句話。

她變成了非常美麗的女性。頭髮留長，高挑的身子上穿著重視機能的套裝。

「我久久一次回來老家。」她說。

地點是車站附近的街道樹人行道。

「芳川小姐呢？」她問。於是我回答：「我在當地的公司上班。」

「這樣啊。」她說：「我在綜合營造公司的海外事務部。一年有一半時間都在滿是沙塵的沙漠街道上來回奔波。」

「妳不再跳高了嗎？」

我這麼詢問後，她笑著搖了搖頭。

「我該做的都已經做了，所以夠了。現在的我已在追逐其他的夢想。」

「是嗎……」

「妳和榊同學還有聯絡嗎？」她問，語氣爽快到了奇妙的地步，彷彿事不關己。

我搖一搖頭。

「從高二之後，就和他徹底斷絕了音訊。」

「是喔……」她應和道。間隔了一會兒後，才又問我：「你們交往過吧？」

「嗯。」我回答。「雖然時間很短。」

「果然。」她說：「我就在想絕對是這樣。」

「為什麼？」我問她。「妳為什麼會這麼想？」

「直覺。」她答道。「我覺得你們兩個人就該在一起。早在一開始，我就知道不會是我了。」

「妳說真的嗎？」

「真的呀。可是，有些事情不試試看怎麼知道呢。我可不是只會含著指頭一味等待的類型。」

「嗯。」我表示同意。「也是。」

她點點頭，輕吐口氣。在我聽來，這就像是宣告對話結束的暗號。我等著她說「那再見了」，就此離開。但是，她沉默了半晌後，又對我說：

「妳的眼淚也——」

然後代替問號，直勾勾地望著我的雙眼，以眼神說：妳明白我想說什麼吧？

我點頭。

「嗯，現在的話，我能明白妳為什麼流淚，雖然當時是一頭霧水。」

她如釋重負似的靜靜吐出憋著的呼吸。

「是啊，那種體驗除了當事人外，誰也無法理解。所以我至今沒對任何人說過，今天還是頭一次。」

「我也沒對任何人說過，從今而後我也打算將這件事埋藏在自己心底。」

這樣子比較好，她說。

「那種暈眩般的昂揚感——自那之後，我也與各式各樣的人交往過，卻不曾再像那樣渾然忘我。單是被他碰觸，我就興奮到了極點。胸口惆悵得像要碎裂，淚水源源不絕地湧出，腦袋也一片空白……」

她的表情忽然一變，將臉龐湊向我，在我耳邊低聲輕問：

「那究竟是怎麼回事？他是什麼人？」

我左右搖頭。

「我不知道，我也和妳一樣，被捲進了風暴裡，回過神時他已經不見了……」

她似乎並不相信我的話，用試探的目光緊盯著我瞧，但緊接著忽然放柔了臉部表情。

「嗯，算啦。」她說：「反正是從前的事了，能和芳川小姐聊天真是太好了。」

「我也是。」

她低頭看向自己的腳尖，再次抬起頭時，對我露出溫柔的微笑。

「那再見了。」她說。

「嗯，再見。」

我們互相頷首致意，輕輕揮手，就此道別。那之後我沒有再見過她。

她現在大概也正在沙漠的街道上東奔西走吧。

二十五歲那年夏天，我遇見了一名擔任育種員的青年，是非常熱愛玫瑰的一個人。

他比我還要孤獨。

他極度沉默寡言，起初我甚至納悶他是不是不會說話。

雖是工作方面的來往，但見面次數多了，他也一點一點對我敞開心房。他用他獨有的、非常婉轉的語法訴說自己的想法。

他也和我一樣，非常害怕人的自以為是和狹小度量。他說，他覺得那就像是一種物理上的壓力。縱然那種壓力不是朝自己釋出，但他光是看到態度霸道、嚴苛的人的一言一行，就會感受到像被人打了一巴掌的痛楚。

他說，自己是誕生到了錯誤場所的人。

「我可能無法彌補地落後了大家一大截。我是人類還在森林裡生活時的人，現在仍然會作自己曾是隻猿猴的夢。在幽深的森林裡，我感覺到了無限的安詳。

厚厚堆積的苔蘚層，潮濕蕨類植物形成的華蓋，霧在低空中漂浮時的清淨氣味——一切都能讓我浮動的心平靜下來。」

絕不能依外貌去解讀他這個人。在他沉穩的言行舉止底下，始終颳著灼熱的暴風。在為世界的美麗感動、胸口震顫的同時，另一方面，他就像被逼到絕境的野獸般極度膽怯。

他戴上了面具，將真正的自己隱藏在後頭。之所以不與人交談，是因為對自己的演技沒有自信。但是，他是天生的演員。他比自己感受到的還要融入風景之中，成功地讓自己的氣息稀薄到極限。

他與植物同化，至今都活在與他人不同的時間當中。分明再過不久就要三十歲了，他的容貌還像是學生。

我說了這件事後，他便說：「妳也是，看來簡直像昨天才剛從高中畢業。」

我們就這樣互相認識，緩慢地縮短彼此間的距離。

我們驚人地能夠了解彼此，有時還因此感到害怕。覺得自己被對方看得太過清楚，內心非常無所適從。但是，這點他也一樣。我們一面竭力與自己心中的不安保持平衡，一面小心翼翼地踏進對方的領域。

他對我說過：「我好像沒有愛人的能力，既不曾喜歡上別人，別人對我釋出好感的話，我反而會想逃走。」

「那現在也是嗎？」我問。他靜靜地搖頭，說：「很不可思議，現在不會這麼想。」

「那就保持現狀吧。」我這麼說完，他露出鬆了口氣的表情。

我們沒有墜入愛河。相對地，我們花時間慢慢習慣對方。我們非常保守，總是希望兩人能在同一條軌道上繞行。

隨著越來越習慣彼此，我們也變得不捨得離開對方，但又無法很積極地縮短兩人間的距離。不安是我們的本能，需要有某種強烈的動機才能克服。

而轉機以悲劇的形式降臨。

我們相識的第二年春天，他在山中遇難。他一個人在山裡散步時，道路突然崩塌，整個人就這麼一路滑落到谷底，最後花了三天才找到他。

他的大腿骨折，又因為完全沒有進食，身體衰弱到有生命危險。我在一旁照護著他，內心非常後悔。我不該不去正視自己的心情，這也許是在警告不肯誠實的我（我習慣抱著這種心態看待事物）。

他似乎也有相同的想法。躺在漆黑的谷底，做好了死亡的覺悟，同時詛咒著自己的軟弱。

——即使這不算是真正意義上的愛，我還是想待在她的身邊，想永遠注視著她，這份心情無庸置疑是真的。那麼，我為什麼沒有親口告訴她？

又過了數個月後，我們決定結婚。就連這種時候他也非常委婉，縱然是早已習慣的我，也費了一番工夫才理解他的意思。

我感覺到在遙遠的從前所立下的誓言，至此總算達成了。

我呼喚著身在這顆星球某處的初戀情人。

我很幸福喔，這樣子就好了吧？

走到一樓，外婆正等著我，我們兩人並肩站在教堂的大門前。

外婆一如往常，看起來一點也不緊張，無論面對什麼事情都不為所動，我很感謝外婆這樣的堅強。

不久，大門從內側打開。

參加婚禮的賓客動作一致地回頭，越過肩膀看著我們。在風琴演奏的旋律催促下，我們輕輕踏出步伐。

站在祭壇前的新郎映入眼簾，我將成為那個人的妻子。一思及此，淚水忽然湧上眼眶，視野變得模糊。

我眨了好幾次眼睛，不經意地往旁看去時，在那裡見到了他們。

祭壇附近的窗外有三個人，他和當年一樣，一點也沒變。他的母親站在他身旁，也依舊是少女模樣。唯獨西崎先生老了許多，頭髮皆已花白。

我感到胸口發熱，自己的雙手在顫抖。

視線交會後，他露出輕柔微笑，宣誓似的舉起左手，這是他的作風。

我噙著淚水，輕輕對他回以頷首。

外婆注意到了我的腳步不穩，悄悄以手送來關心。沒事吧？嗯，我沒事。

他將手貼在胸口上，不疾不徐地說了些什麼，我讀著他的唇語。

恭喜妳，祝妳幸福——

我悄聲輕唸他的名字，他真正的名字。

謝謝你……

從長長的劉海縫隙間，那雙教人懷念的眼睛注視著我。西崎先生也向我揮著手，而他的母親在這一天依然穿著紅色大衣。

就這樣，我們活在自己的人生中。儘管我們的航線劃出了不同的軌跡，仍會再三反覆出現奇蹟般的邂逅。有朝一日在某個地方，我們一定會再度相逢吧。到時候，我也想和現在一樣面帶著微笑。

他給予我的生命，就盡全力燦爛盛開吧，相信這會成為他的喜悅。

我小心著不被四周的人發現，悄悄擦去滾落的淚水。

再次看向窗外時，那裡已經不見他們的身影。

說不定就連來到這裡，他們也冒了很大的風險。

謝謝你們。我再一次低喃。

然後重新面向前方，定睛凝視我抓住的人生。如果是我的話，一定辦得到，我有這樣的預感。

國家圖書館出版品預行編目資料

吸淚鬼 / 市川拓司 著；許金玉 譯.--初版.--
臺北市：平裝本. 2014.10
面；公分（平裝本叢書；第404種）
（@小說；48）
譯自：吸淚鬼
ISBN 978-957-803-929-2(平裝)

861.57　　103018514

平裝本叢書第404種
@小說048
吸淚鬼

作　　者—市川拓司
譯　　者—許金玉
發 行 人—平雲
出版發行—平裝本出版有限公司
台北市敦化北路120巷50號
電話◎02-27168888
郵撥帳號◎18999606號
皇冠出版社(香港)有限公司
香港上環文咸東街50號寶恒商業中心
23樓2301-3室
電話◎2529-1778　傳真◎2527-0904
責任主編—盧春旭
責任編輯—蔡維鋼
美術設計—王瓊瑤
著作完成日期—2012年
初版一刷日期—2014年10月
法律顧問—王惠光律師

如有破損或裝訂錯誤，請寄回本社更換
讀者服務傳真專線◎02-27150507
電腦編號◎435048
ISBN◎978-957-803-929-2
Printed in Taiwan
本書定價◎新台幣260元/港幣87元

皇冠60週年集點暨抽獎活動專用回函

請將5枚印花剪下後，依序貼在下方的空格內，並填寫您的兌換優先順序，即可免費兌換贈品和參加最高獎金新台幣60萬元的回饋大抽獎。如遇贈品兌換完畢，我們將會依照您的優先順序遞換贈品。

●贈品剩餘數量請參考本活動官網（每週一固定更新）。所有贈品數量有限，送完為止。如贈品兌換完畢，本公司有權更換其他贈品或停止兌換活動（請以本活動官網上的公告為準），但讀者寄回回函仍可參加抽獎活動。

1. ____________ 2. ____________ 3. ____________

●請依您的兌換優先順序填寫所欲兌換贈品的英文字母代號。

1 2 3 4 5

□（**必須打勾始生效**）本人____________（**請簽名，必須簽名始生效**）同意皇冠60週年集點暨抽獎活動辦法和注意事項之各項規定，本人並同意皇冠文化集團得使用以下本人之個人資料建立該公司之讀者資料庫，以便寄送新書和活動相關資訊。

我的基本資料

姓名：____________

出生：______年______月______日　性別：□男　□女

身分證字號：____________（僅限抽獎核對身分使用）

職業：□學生　□軍公教　□工　□商　□服務業

□家管　□自由業　□其他

地址：□□□□□ ____________

____

電話：（家）____________　（公司）____________

手機：____________

e-mail：____________

□我不願意收到皇冠文化集團的新書、活動edm或電子報。

●您所填寫之個人資料，依個人資料保護法之規定，本公司將對您的個人資料予以保密，並採取必要之安全措施以免資料外洩。本公司將使用您的個人資料建立讀者資料庫，做為寄送新書或活動相關資訊，以及與讀者連繫之用。您對於您的個人資料可隨時查詢、補充、更正，並得要求將您的個人資料刪除或停止使用。

皇冠60週年集點暨抽獎活動注意事項

1.本活動僅限居住在台灣地區的讀者參加。皇冠文化集團和協力廠商、經銷商之所有員工及其親屬均不得參加本活動，否則如經查證屬實，即取消得獎資格，並應無條件繳回所有獎金和獎品。

2.每位讀者兌換贈品的數量不限，但抽獎活動每位讀者以得一個獎項為限（以價值最高的獎品為準）。

3.所有兌換贈品、抽獎獎品均不得要求更換、折兌現金或轉讓得獎資格。所有兌換贈品、抽獎獎品之規格、外觀均以實物為準，本公司保留更換其他贈品或獎品之權利。

4.兌換贈品和參加抽獎的讀者請務必填寫真實姓名和正確聯絡資料，如填寫不實或資料不正確導致郵寄退件，即視同自動放棄兌換贈品，不再予以補寄；如本公司於得獎名單公佈後10日內無法聯絡上得獎者，即視同自動放棄得獎資格，本公司並得另行抽出得獎者遞補。

5.60週年紀念大獎（獎金新台幣60萬元）之得獎者，須依法扣繳10%機會中獎所得稅。得獎者須本人親自至本公司領獎，並提供個人身分證明文件和相關購書發票（發票上須註明購買書名），經驗證無誤後方可領取獎金。無購書發票或發票上未註明購買書名者即視同自動放棄得獎資格，不得異議。

6.抽獎活動之Deseno行李箱將由Deseno公司負責出貨，本公司無須另行徵求得獎者同意，即可將得獎者個人資料提供給Deseno公司寄送獎品。Deseno公司將於得獎名單公布後30個工作天內將獎品寄送至得獎者回函上所填寫之地址。

7.讀者郵寄專用回函參加本活動須自行負擔郵資，如回函於郵寄過程中毀損或遺失，即喪失兌換贈品和參加抽獎的資格，本公司不會給予任何補償。

8.兌換贈品均為限量之非賣品，受著作權法保護，嚴禁轉售。

9.參加本活動之回函如所貼印花不足或填寫資料不全，即視同自動放棄兌換贈品和參加抽獎資格，本公司不會主動通知或退件。

10.主辦單位保留修改本活動內容和辦法的權力。

寄件人：

地址：□□□□□

請貼郵票

10547 台北市敦化北路120巷50號

皇冠文化出版有限公司　收